José Saramago

Der Stuhl
und
andere Dinge

Erzählungen

Deutsch von
Sarita Brandt und
Andreas Klotsch

Rowohlt

Sarita Brandt übersetzte «Stuhl», «Rückfluß»,
und «Zentaur». Andreas Klotsch übersetzte
«Embargo», «Dinge» und «Vergeltung».

1. Auflage September 1995
Copyright © 1995 by Rowohlt Verlag GmbH,
Reinbek bei Hamburg
Die Originalausgabe erschien 1984 unter dem Titel
«Objecto Quase» bei Editorial Caminho, Lissabon
«Objecto Quase» Copyright © 1984 by José Saramago
und Editorial Caminho
Alle deutschen Rechte vorbehalten
Redaktion Tamara Trautner
Umschlag- und Einbandgestaltung Susanne Heeder
(Illustration Russell Mills)
Satz Linotype Walbaum (Linotronic 500)
Gesamtherstellung Clausen & Bosse, Leck
Printed in Germany
ISBN 3 498 06263 8

Inhalt

Wenn der Mensch von den Umständen
gebildet wird, so muß man die
Umstände menschlich bilden.

Karl Marx, Friedrich Engels
«Die heilige Familie»

Stuhl

*D*er Stuhl begann umzufallen, umzukippen, zu-
sammenzubrechen, jedoch nicht im wahrsten
Sinne des Wortes zusammenzuklappen. Strengge-
nommen bedeutet zusammenklappen die Klappen von
etwas zusammenlegen. Nun, von einem Stuhl wird
man nicht behaupten wollen, er habe Klappen, doch
falls er etwas Derartiges hätte, zum Beispiel diese seitlichen Stützen für die Arme, so würde man sagen, die
Armlehnen des Stuhls seien abgebrochen und nicht sie
seien zusammengeklappt. Außer Zweifel aber steht,
daß ein Mensch plötzlich zusammenklappt, das
möchte ich auch erwähnen, beziehungsweise schon
jetzt daran erinnern, damit ich mir nicht selbst in die
Falle gehe: könnten dann nicht, wenn ein Mensch
plötzlich gesundheitlich zusammenbricht, was nur auf
eine andere Art und Weise dasselbe bedeutet, auch
Stühle zusammenklappen, selbst wenn sie gar keine
Klappen haben? Wenigstens um der dichterischen
Freiheit willen? Wenigstens um der harmlosen Kunst-
fertigkeit eines Sagens willen, das sich zum Stil erhebt? Man lasse also zu, daß Stühle zusammenklappen, obwohl es vorzuziehen wäre, daß sie einfach nur
umfallen, umkippen oder zusammenbrechen. Zusammenklappen möge hingegen, wer auf diesem Stuhl gesessen hat, besser, schon nicht mehr darauf sitzt, son-

dern umkippt, wie es der Fall ist, und so kann der Stil sich des ganzen Reichtums an Wörtern bedienen, die im Grunde nie dasselbe aussagen, strengt man sich auch noch so sehr an. Sagten sie dasselbe aus, ordneten sie sich nach Homologien in Gruppen, könnte das Leben um vieles einfacher sein, es führte mittels sukzessiver Einschränkungen zu der übrigens auch noch nicht einfachen Lautmalerei, und so immer weiter, wahrscheinlich bis hin zum Schweigen, das wir als das allgemeine oder omnivalente Synonym bezeichnen würden. Doch nicht einmal Lautmalerei ist es, besser, eine solche ließe sich kaum bilden mit Hilfe des artikulierten Tons (da die menschliche Sprache keine reinen und von daher unartikulierten Töne aufweist, oder vielleicht nur beim Singen, aber auch da wäre es angebracht, schärfer hinzuhören), der entsteht im Rachen des Fallenden oder zu, doch nicht in den Boden Sinkenden, Wörter, die sich anhören wie ein Fall, dessen Stern am Sinken ist, sich nun aber beziehen auf den, der zusammenklappt, denn man hielt es nicht für korrekt, dieses Verb zu substantivieren und es gemäß dem Fall (Wenfall) mit der parallelen Endung (-enden) zu versehen, die diese Wortwahl vollenden und den Kreis schließen würde. Auf diese Weise ist bewiesen, daß die Welt nicht vollkommen ist.

Als vollkommen hingegen wäre zu heißen der Stuhl, der im Fallen begriffen ist. Doch ändern sich die Zeiten, so ändern sich die Leidenschaften und ebenso die Eigenschaften, was einst vollkommen, ist es längst nicht mehr, aus Gründen, die Leidenschaften nicht ausschließen, jedoch keine Gründe wären, kämen sie nicht mit den Zeiten. Oder mit der Zeit. Die genaue Zeit in diesem Falle auszumachen erübrigt sich gewissermaßen, ebenso wie es überflüssig ist, den Stil des Mobiliars zu beschreiben oder auch nur zu benennen, das den Stuhl qua Identifizierung sicher zu einer zahlreichen Familie rechnet, um so mehr, als er von seiner stuhlischen Natur her zu einer einfachen Untergruppe oder zu einem Nebenzweig gehört, nichts, das sich auch nur annähernd in Größe und Eigenart mit den Tischen, diesen robusten Patriarchen, messen könnte, oder mit den Anrichten, den Kleider-, Silber- oder Porzellanschränken, oder mit den Betten, aus denen zu fallen naturgemäß schwerer, wenn nicht gar unmöglicht ist, denn steigt man aus dem Bett, kann man sich das Bein brechen, und steigt man hinein, verliert man den Boden unter den Füßen, wobei ein Beinbruch nicht unbedingt die Folge unter den Füßen verlorenen Bodens ist. Wir sind nicht der Meinung, daß es angebracht wäre, zu vermerken, aus welchem Holz dieses kleine Sitzmöbel hergestellt wurde, dessen Name *cadeira* hierzulande darauf hinzudeuten scheint, daß es zum Fallen bestimmt ist, es sei denn dieses lateinische *cadere* ist ein ausgemachter linguistischer Schwindel, falls *cadere* überhaupt Latein ist, was es allerdings in diesem Fall für alle Fälle sein sollte. Von einem jeden Baum kann es stammen, mit Ausnahme der Pinie, deren positive Eigenschaften sich im Bau von Schiffen zur Entdeckung des Seewegs nach Indien erschöpften und die heute zu den gewöhnlichen Hölzern zählt; auch nicht vom Kirschbaum, weil das Holz sich leicht verzieht; oder vom Feigenbaum, weil dieses Holz hinterhältig reißt, vor allem an heißen Tagen und wenn man sich wegen der Feigen auf dem Ast zu weit vorwagt; mit Ausnahme dieser Hölzer also, wegen der Nachteile, die sie haben, und mit Ausnahme anderer, wegen ihrer edlen Eigenschaften, wie es der Fall ist bei dem Schwarzholz, auch als Eisenholz bekannt, in das zwar der Holzwurm nicht hineinkommt, dessen Volumgewicht aber zu schwer ist. Ein anderes, gleichfalls nicht in Frage kommendes, ist das Ebenholz, eben darum, weil dies nur ein anderer Name ist für Schwarzholz, und daß es nicht angebracht ist, Synonyme oder so gemeinte Wörter zu verwenden, steht ja bereits fest. Und erst recht beim Entwirren dieser Fragen der Botanik, die sich mit Synonymen nicht abgibt, wohl aber mit der Feststellung zweier unterschiedlicher Namen, die verschiedene Leute für ein und dieselbe Sache fanden. Man möchte wetten, daß die Bezeichnung Eisenholz ersonnen oder erwogen wurde von solchen, die auf dem Rücken sein Gewicht zu spüren bekamen. Nun, was gilt die Wette?

Falls er aus Ebenholz wäre, müßten wir wahrscheinlich den im Fallen begriffenen Stuhl als perfekt verurteilen, und zwar deshalb verurteilen oder ablehnend beurteilen, sagt man auch, weil er dann nicht fallen würde, oder er fiele erst sehr viel später, sagen wir, in einem Jahrhundert, wenn es sich für uns um seinetwillen schon nicht mehr zu fallen lohnte. Möglich, daß dann ein anderer Stuhl an seiner Statt fiele, den gleichen Fall und den gleichen Erfolg versprechend, doch das verlangte, eine andere Geschichte zu erzählen, nicht die eines Ereignisses, denn es ereignet sich fürwahr, wohl aber die einer künftigen Möglichkeit. Das Sichere ist weitaus besser, vor allem, wenn man lange auf das Zweifelhafte gewartet hat.

Doch einen gewissen Perfektionsgrad wollen wir dem immerhin einmaligen Stuhl, der weiterhin fällt, nicht absprechen. Er wurde nicht nach Maß für den Körper angefertigt, der lange Jahre darauf sich setzte und gesessen hat, sondern ausgewählt, weil die Holzschnitzereien zu den restlichen nahen oder entfernten Möbeln paßten beziehungsweise nicht allzusehr von ihnen abstachen und weil er, was wichtig ist aus den bereits erwähnten Gründen, weder aus Pinie war noch aus Kirsch- oder gar Feigenholz, sondern aus einer für die Herstellung von Möbeln mit langer Lebensdauer häufig benutzten Holzart, verbi gratia Mahagoni. Dies ist eine Hypothese, die es überflüssig macht, mit dem übrigens nicht absichtlichen Ermitteln des Holzes fortzufahren, das für den fallenden Stuhl zugeschnitten, gebogen, geschnitzt, angepaßt, geleimt, verbunden, zusammengepreßt und trocknen gelassen wurde. Mahagoni also war's, und weitere Worte kann man sich schenken. Es sei denn, man möchte hinzufügen, wie angenehm und entspannend es ist, nachdem man es sich im Stuhl bequem gemacht hat, und – falls er Armlehnen hat und ganz aus Mahagoni ist – in den Händen diese harte, geheimnisvolle Haut des polierten Holzes zu spüren sowie, sind die Lehnen gebogen, ihre wie Schulter oder Knie oder Hüftbein anmutenden Kurven.

Bedauerlicherweise widersteht Mahagoni, verbi gratia, dem Holzwurm nicht immer, wie es das oben erwähnte Ebenholz oder Schwarzholz tut. Die Probe

aufs Exempel machten diverse Völker und Holzhändler, doch ein jeder von uns kann, bringt er die nötige
Experimentierfreude mit, seinen eigenen Versuch
durchführen, indem er die Zähne an dem einen und
dann an dem anderen Holz ausprobiert und den Unterschied feststellt. Ein normaler Eckzahn wird, auch
wenn er keineswegs auf eine zirzensische Darbietung
seiner Zahneskraft vorbereitet ist, auf dem Mahagoni
einen exzellenten und markanten Eindruck hinterlassen. Was er bei dem Ebenholz nicht vermag. Quod erat
demonstrandum. Damit wären wir in der Lage, die
Schwierigkeiten des Holzwurms einzuschätzen.

Keinerlei polizeiliche Ermittlungen werden einge-
leitet, obgleich dies der entscheidende Augenblick
wäre, denn jetzt hat sich der Stuhl erst um zwei Grad
geneigt; es sei denn, um die ganze Wahrheit und
nichts als die Wahrheit zu sagen, daß die plötzliche
Veränderung des Schwerpunktes nicht rückgängig gemacht werden kann, vor allem, weil sie nicht durch
einen instinktiven Reflex und eine Kraft, die ihm gehorchte, ausgeglichen werden kann; jetzt also wäre der
richtige Zeitpunkt, ich wiederhole es, den Befehl zu
erteilen, einen strengen Befehl, der alles wieder auf-
richten würde, von diesem Moment, der sich nicht aufhalten läßt, bis nicht unbedingt zurück zu dem Baum
(oder den Bäumen, zumal nicht gewährleistet ist, daß
sämtliche Einzelteile aus demselben Holz geschnitzt
sind), aber zu dem Holzhändler, dem Lageristen, dem
Sägewerk, dem Hafenarbeiter, der Schiffahrtsgesell-
schaft, die den Stamm, entwurzelt und entlaubt, aus
fernen Landen herbeibefördert hat. So weit zurück wie

nötig, um den primären Holzwurm auszumachen und Zuständigkeiten zu klären. Unüberhörbar bilden sich im Rachen Laute, doch sie werden diesen Befehl nicht zu erteilen vermögen. Sie stecken im Halse, ohne das Bewußtsein, dort steckengeblieben zu sein, zwischen Ausruf und Aufschrei, im Urzustand beide. Eine Strafverfolgung ist also hinfällig wegen Verstummens des Opfers und Unachtsamkeit der Ermittler, die nur pro forma und aus reiner Routine feststellen werden – wenn der Stuhl am Boden angekommen und der vorerst noch nicht fatale Fall vollzogen ist –, ob das Bein oder der Fuß womöglich in böser und auch verbrecherischer Absicht angesägt wurde. Gedemütigt wird sich fühlen, wer diese Feststellung treffen muß, denn es ist demütigend, eine Pistole unterm Arm und einen Stummel wurmstichigen Holzes in der Hand zu haben und dieses dann unter dem Fingernagel zu zerkrümeln, der dazu gewiß nicht so dick zu sein bräuchte. Den zerbrochenen Stuhl dann mit dem Fuß beiseite zu schieben, nicht einmal verärgert, und den unnützen Fuß fallenzulassen, von neuem fallenzulassen, nun, da es mit seiner Nützlichkeit, die ausgerechnet darin bestand, durchzubrechen, vorbei ist.

Irgendwo muß es gewesen sein, wo – falls diese Tautologie zulässig ist. Irgendwo muß es gewesen sein, wo sich die Käfer, handelt es sich nun um die Familie der Bockkäfer (Cerambycidae), zu denen der besonders gefährliche Hausbock (Hylotrupes bajulus) zählt, oder um die Bohr- oder Klopfkäfer (Anobidae), zu denen beispielsweise die Totenuhr (Anobium pertinax) gehört (auf die Prüfung und Identifizierung durch einen sachverständigen Entomologen wurde verzichtet), in diesen oder in irgendeinen anderen Teil des Stuhls hineingebohrt haben, von wo aus sie dann ihre Reise antraten, nagend, verdauend, ausscheidend, an den weichen Fasern entlang Gänge bohrend bis hin zur idealen Bruchstelle, wie viele Jahre später weiß kein Mensch, man möge jedoch in Anbetracht der Kurzlebigkeit der Käfer nicht aus den Augen verlieren, daß ungezählte Generationen sich von diesem Mahagoni ernährt haben, bis zu dem glorreichen Tag, edles Volk tapferes Vaterland. Denken wir ein wenig über dieses Werk unermeßlicher Geduld nach, über diese zweite *Queóps*-Pyramide, wenn das Manieren sind, Ägyptisches auf portugiesisch zu schreiben, errichtet von den Käfern, ohne daß von außen auch nur das geringste sichtbar gewesen wäre, derweil sie Tunnel bohrten, die ein für allemal in eine Grabkammer münden. Es ist nicht zwingend, daß die Pharaonen an einen mysteriösen, finsteren Ort im Inneren eines Steinbergs gebracht werden, mit Verzweigungen, die zunächst zu Schächten und Stätten des Verderbens führen, dort, wo die unvorsichtigen und skeptischen Archäologen, die sich über den Fluch lustig machen, ihre Gebeine lassen und das Fleisch, solange es noch nicht zerfressen ist, in jenem Fall die Ägyptologen, oder wie man sie nennt, in diesem, wie soll man sagen, die Lusologen oder Portugalologen, wie sie sich wohl nennen werden. Und was diesen Unterschied betrifft zwischen dem Ort, wo die Pyramide errichtet wird, und jenem anderen, wo sich der Pharao installiert oder installiert wird, greifen wir auf *el cuento* alias Schwindel zurück

18

und sagen wir, in Einklang mit den weisen und bedächtigen Stimmen unserer Vorfahren, daß auf der einen Seite der Lorbeerzweig angebracht und auf der anderen der Wein verkauft wird, oder, falls diese Wendung geläufiger sein sollte, die Schuld schlicht und ergreifend dem Unschuldigen in die Schuhe geschoben wird. Wundern wir uns also nicht, daß diese Pyramide mit Namen Stuhl das eine oder andere Mal ihrer Bestimmung als letzte Ruhestätte entgeht und der Moment des Zusammenbruchs im Gegenteil zu einer Art Abschied wird, immer wieder aufs neue, nicht weil dem Stuhl die Abwesenheit, denn aus diesem Reich kehrt keiner zurück, so schwer fällt, sondern zur erschöpfenden und überzeugenden Darstellung dessen, was Abschied sein kann, denn wir alle wissen zur Genüge, daß Abschiede immer viel zu schnell gehen, um diesen Namen wirklich zu verdienen. Sie bieten weder Gelegenheit noch Platz für den zehnfach bis zur reinen Essenz destillierten Kummer, alles besteht aus Hast und Überstürzung, aus in die Augen steigenden Tränen, die keine Zeit haben, den Blick zu verschleiern, einem Ausdruck, der, ach, so gern tiefe Traurigkeit zeigen würde oder Melancholie, wie man früher zu sagen pflegte, und am Ende zur Grimasse oder Griesgramasse wird, was eindeutig schlimmer ist. Am Fallen ist also der Stuhl, ohne jeden Zweifel fällt er, doch der Sturz wird so lange dauern, wie immer wir es wünschen, und während wir diesem Fall beiwohnen, den nichts und niemand aufhalten kann und den auch keiner von uns aufhalten würde, der schon jetzt als unabwendbar gilt, könnten wir ihn dennoch abwenden, wie es macht der Fluß Guadiana, genannt der Unschlüssige, nein, nicht zu Tode erschrocken, sondern aus himmlischem Frohlocken, was ohne jeden weiteren Zweifel auch nur recht und billig ist. Lernen wir, wenn möglich, mit Hilfe der Heiligen Theresia von Avila und des Wörterbuchs, daß dieses Frohlocken jene übernatürliche Freude ist, die in der Seele der Gerechten die Gnade hervorruft. Während wir mit ansehen, wie der Stuhl umfällt, wäre es unmöglich, nicht selbst in Gnade zu fallen, zumal wir als bloße Zuschauer des Falles gar nichts tun oder tun werden, um ihn aufzuhalten, und reine Assistenzfiguren sind. Womit die Existenz der Seele bewiesen ist, und zwar auf dem demonstrativen Wege des Erfolgs, in dessen Genuß wir, siehe da, nicht ohne diese gekommen wären. Es nehme also der Stuhl wieder seine aufrechte Stellung ein und beginne von neuem zu fallen, derweil wir uns mit der Materie befassen.

Da ist es, das Anobium, auf das die Wahl gefallen ist, weil dieser Name irgendwie nobel klingt, noblesse oblige, wie ein Rächer erscheint es am Horizont der Prärie, galoppiert auf seinem Fuchs daher und braucht, um anzukommen, all die erforderliche Zeit, bis der Vorspann abgelaufen ist und wir uns darüber im klaren sind, sollte keiner von uns es auf den Plakaten am Eingang gelesen haben, wer letzten Endes hier die Regie führt. Da ist es, das Anobium, nun in der Totalen, mit seinem Koleopterengesicht, die Haut gegerbt vom Wind der Steppe und jener stechenden Sonne, die, wie wir alle wissen, den Abbaustellen im Tagebau stark zusetzen an des Stuhles Fuß, der gerade soeben abgebrochen ist, wobei besagter Stuhl zum dritten Mal zu fallen beginnt. Dieses Anobium pertinax, das wurde bereits in einer Form ausgedrückt, die eher zu den genetischen und reproduktiven Banalitäten zählt, hatte Vorgänger bei seiner Vergeltungstat: sie heißen Fred, Tom Mix, Buck Jones, doch dies sind die Namen, die für immer und ewig mit der Geschichte des epischen Westerns verbunden sind, uns aber nicht die anonymen Käfer vergessen lassen dürfen, diejenigen, die eine weniger glorreiche, ja, sogar lächerliche Rolle spielten, wie durch die Wüste zu ziehen und schon am Anfang darin umzukommen, oder mit größter Vorsicht die sumpfigen Niederungen zu durchqueren und auszurutschen, sich schmutzig machend und stinkend, was beschämend ist, gestraft durch die Lachkrämpfe im Parkett und in den Rängen. Keinem von diesen war die endgültige Abrechnung gelungen, als die Dampflokomotive drei Pfiffe ausstieß und die Halfter auf der Innenseite mit Talg eingerieben wurden, damit die Revolver schneller zu ziehen waren, die Zeigefinger am Abzug und die Daumen bereit, den Hahn zu spannen. Keiner von all diesen bekam den Preis, der auf Marys Lippen seines Empfängers harrte, noch hatte einer von ihnen als Komplize ein blitzschnelles Pferd, das von hinten kommt und der nur darauf wartenden Mary den schüchternen Cowboy in die Arme schiebt. Alle Pyramiden haben als Basis Steine, die Denkmäler ebenfalls. Das siegreiche Anobium ist das letzte Glied in der Kette der Namenlosen, die ihm vorausgegangen sind, die auf jeden Fall nicht weniger glücklich waren, denn sie lebten, arbeiteten und starben, alles zu seiner Zeit, und dieses Anobium, das, wie wir wissen, den Kreis schließt, ist wie die Drohne, die beim Akt der Befruchtung stirbt. Das Prinzip des Todes.

Welch wunderbare Musik, die seit Monaten und Jahren niemand mehr gehört hat, unermüdlich, ohne Pause, bei Tag und bei Nacht, zu der prachtvollen und erschreckenden Stunde, in der die Sonne aufgeht und bei dieser anderen Gelegenheit des Wunders, die lautet auf Wiedersehen Licht, bis morgen, dieses andauernde, ununterbrochene Nagen, wie ein unaufhörliches Dudeln, immer dieselbe Note, mahlend, eine Faser nach der anderen zersetzend, und die Leute kommen herein und gehen wieder hinaus, zerstreut, mit ihren eigenen Problemen beschäftigt, ohne zu ahnen, daß zu einer feststehenden Zeit das Anobium, die Pistolen schußbereit, in jeder Hand eine, den Feind – das Ziel – im Visier, treffen wird, und zwar voll ins Schwarze, keineswegs ins Blaue, falls man das so sagen kann, und falls nicht, dann wird man's eben fortan sagen können, einer muß ja den Anfang machen. Wundervoll verklingt die Musik, die von Generationen über Generationen von Käfern komponiert und gespielt wurde, zu ihrem Vergnügen und unserem Nutzen, wie es die Bestimmung der Familie Bach war, sowohl vor als auch nach Johann Sebastian. Eine Musik, die nicht gehört wird, doch falls sie gehört würde von dem, der auf dem Stuhle sitzend mit diesem zusammenbricht und in seinem Rachen vor Schreck oder Überraschung diesen artikulierten Ton erzeugt, der vielleicht weder mit dem Schreien noch mit dem Heulen und erst recht nicht mit dem Sprechen verwandt ist, was würde er dann tun? Eine Musik, die zu Ende sein wird, die jetzt soeben aufgehört hat: Buck Jones sieht den Feind im grellen, blendenden Licht der texanischen Sonne unweigerlich zu Boden fallen, steckt die zwei Revolver ein und nimmt den großen Hut mit der breiten Krempe ab, um sich den Schweiß von der Stirn zu wischen, und weil Mary herbeieilt, in einem weißen Kleid, nun, da die Gefahr vorbei ist.

Es wäre jedoch etwas übertrieben, behaupten zu wollen, das menschliche Schicksal sei bestimmt durch das kauende Mundwerkzeug der Käfer. Wenn dem so wäre, hätten wir uns längst alle in Häuser aus Glas und Eisen zurückgezogen, uns vor dem Anobium in Sicherheit gebracht, aber nicht vor allem, denn aus einem gewissen Grund und auch zu einem bestimmten Zweck gibt es jenes geheimnisvolle Übel, dem wir, potentielle Kranke, den Namen Glaskrankheit geben, und außerdem den ganz gewöhnlichen Rost, der, möge einer diesen anderweitigen Geheimnissen auf die Spur kommen, nicht das Eisenholz befällt, doch buchstäblich alles angreift, was aus reinem Eisen ist. Wir Menschen sind anfällig, doch in Wirklichkeit müssen wir unserem eigenen Tod behilflich sein. Vielleicht ist es eine Frage der menschlichen Ehre: daß wir, damit wir nicht so unbewehrt und ausgeliefert sind, von uns etwas hingeben, denn wozu sonst sollte es gut sein, auf der Welt zu sein? Das Fallbeil der Guillotine schneidet, doch wer hält seinen Kopf hin? Der, der hingerichtet wird. Die Gewehrkugeln durchbohren, doch wer gibt seine Brust her? Der, der erschossen wird. Der Tod ist von dieser besonderen Schönheit, so klar und bewiesen wie ein mathematischer Lehrsatz, so einfach wie die Verbindung zweier Punkte durch eine Linie, wenn sie über die Länge des Lineals nicht hinausgeht. Tom Mix feuert seine zwei Revolver ab, doch nichtsdestotrotz ist es erforderlich, daß das in den Patronen zusammengepreßte Schießpulver genügend Explosivkraft hat und in ausreichender Menge vorhanden ist, damit das Blei die Entfernung in seiner leicht gewölbten Bahn (hier bitte nicht mit dem Lineal arbeiten) überwindet und, sind die Gebote der Ballistik erfüllt, zunächst in angemessener Höhe die Stoffweste durchschlägt, dann das Hemd, vielleicht aus Flanell, danach das wollene Unterhemd, das im Winter wärmt und im Sommer den Schweiß aufsaugt, und schließlich die Haut, weich und dehnbar, die sich in einer ersten Anwandlung zurückzieht, annehmend, falls die Haut zu solcher Transzendenz und nicht nur zu Transpiration neigt, daß der Durchschlagkraft des Geschosses dort Einhalt geboten wird und die Kugeln demzufolge herunterfallen werden, in den Staub auf dem Weg, der Verbrecher gerettet bis zur nächsten Folge. So aber war es nicht. Buck Jones hält Mary bereits in den Armen und das Wort ENDE kommt aus seinem Mund und wächst, bis es die Leinwand ganz ausfüllt. Es wäre für die Zuschauer an der Zeit, sich allmählich zu erheben und den Mittelgang entlang zu dem hellen Licht zu gehen, das von der Tür kommt, denn sie waren in der Nachmittagsvorstellung, sich anzustrengen, um zur abenteuerlosen Wirklichkeit zurückzukehren, ein wenig traurig, ein wenig mutig, und so schlecht vorbereitet auf das Leben, das sie an der Front erwartet, daß der eine oder andere einfach bis zur zweiten Vorstellung sitzen bleibt: es war einmal.

Soeben hat sich auch dieser alte Mann gesetzt, der zuerst aus einem Raum trat, einen zweiten durchquerte, dann einen Gang entlangschritt, der dem Mittelgang eines Kinos ähnelt, aber keiner ist, es handelt sich um eine Dependance des Hauses, nicht seines eigenen, doch, sagen wir, des Hauses, in dem er lebt oder schon seit geraumer Zeit lebt, das gesamte Haus also nicht sein Eigen, sondern seine Dependance. Der Stuhl ist noch nicht gefallen. Verurteilt, geht es ihm wie einem Menschen, der nahe daran ist, das äußerste Maß der Erschöpfung zu erreichen: er kann sich kaum noch auf den Beinen halten. Wenn man ihn aus der Entfernung betrachtet, sieht er nicht so aus, als habe das Anobium ihn verändert, dieser Cowboy und Bergmann, in Arizona wie in Jales, in einem Labyrinth von Gängen, das einen schier um den Verstand bringen könnte. Von weitem sieht ihn der Alte, dann aus immer größerer Nähe, falls er ihn überhaupt sieht, denn aufgrund der Tausende und Abertausende Male, die er darauf sich niedergelassen hat, sieht er ihn wahrscheinlich nicht mehr, und genau das ist sein Fehler, war es schon immer, die Stühle, auf die er sich setzt, nicht zu sehen, da er annimmt, ein jeder sei ein Thron und zu thronen obliege ihm ganz allein. St. Georg, der Heilige, hätte dort einen Drachen gesehen, doch dieser Alte ist ein Ungläubiger, der mit den obersten Kirchenfürsten unter einer Decke steckt, und alle zusammen, er und sie, in hoc signo vinces. Er sieht den Stuhl nicht, jetzt kommt er in argloser Zufriedenheit lächelnd daher und nähert sich ihm achtlos, während das Anobium im letzten Gang die endgültigen Fasern mühsam zu Mehl verarbeitet und sich den Pistolengürtel enger um die Hüften schnallt. Der Alte denkt, daß er sich, sagen wir, eine halbe Stunde ausruhen wird, vielleicht sogar ein kleines Schläfchen machen kann bei diesen angenehmen Temperaturen des beginnenden Herbstes, daß er sicher nicht die Geduld haben wird, die Papiere, die er in der Hand hält, zu lesen. Lassen wir uns nicht beeindrucken. Es handelt sich nicht um einen Horrorfilm; mit Hilfe solcher Stürze wurden und werden Szenen unwiderstehlicher Komik gedreht, witzige Gags, wie sie, wir alle erinnern uns, von Charlie Chaplin vollführt wurden oder von Pat und Patachon, wer sich erinnert, kriegt einen Bonbon. Doch nicht zu voreilig, wenn wir auch wissen, daß das Stuhlbein abbrechen wird: jetzt noch nicht, zuerst muß sich der Mann setzen, sachte, uns, den Alten, diktieren die zittrigen Knie ihre Gesetze, er wird sich mit den Händen abstützen oder die Stuhllehnen umklammern, um sein schrumpeliges Hinterteil und den Hosenboden nicht allzu abrupt auf den Sitz fallen zu lassen, der ihm alles ertragen hat, wie es sich zu erläutern erübrigt, wir sind doch alle Menschen und wissen, worum es sich handelt. Menschen im vegetativen Sinne, damit keine Zweifel entstehen, denn bei diesem Alten gibt es viele und auch verschiedene, bisweilen weit zurückliegende Gründe, an seiner Menschlichkeit zu zweifeln. Indessen aber sitzt er da wie ein Mensch.

Er hat sich noch nicht zurückgelehnt. Sein Körpergewicht plus minus ein Gramm ist gleichmäßig auf der

Sitzfläche des Stuhls verteilt. Bewegte er sich nicht, könnte er mit heiler Haut so sitzen bleiben bis zum Sonnenuntergang, eine Tageszeit, zu der das Anobium gewöhnlich wieder zu Kräften kommt und mit neuer Ausdauer zu bohren beginnt. Doch er wird sich bewegen, er hat sich bewegt, sich zurückgelehnt, hat sogar um Haaresbreite das Gewicht auf die zerbrechliche Seite des Stuhls verlagert. Und dieser bricht zusammen. Das Bein bricht durch, zuerst knarrt es, dann geht es unter der Wirkung des ungleichen Gewichts entzwei, und plötzlich fällt das Tageslicht hell und klar in die unterirdischen Gänge Buck Jones', das Ziel beleuchtend. Aufgrund des bekannten Unterschieds zwischen der Geschwindigkeit des Lichts und des Schalls, des Hasen und der Schildkröte, wird man die Detonation etwas später hören, erstickt, dumpf wie der Fall eines Körpers. Lassen wir den Dingen ihren Lauf. Es ist sonst niemand im Saal oder im Raum oder auf der Veranda oder dem Balkon, oder; solange von dem Fall nichts zu hören ist, werden wir die Herren dieses Schauspiels sein, wir können sogar unsere sadistischen Neigungen ausleben, denn mit dem Arzte und dem Irren teilen wir zum Glück so manche Wirren, auf eine passive Weise, sagen wir es vorneweg, nur wie jemand, der zusieht, aber nicht Bescheid weiß oder in limine Verpflichtungen zu nicht einmal ausschließlich humanitärer Hilfe ablehnt. Für diesen Alten nicht.

Er neigt sich immer mehr nach hinten. Kommt in Fahrt. Von hier aus, vis-à-vis, einem ausgezeichneten Platz, können wir sehen, daß er ein längliches Gesicht hat, eine gebogene Nase, scharf wie ein Haken, der gleichzeitig auch als Rasiermesser diente, und stünde in diesem Augenblick sein Mund nicht offen, hätten wir das Recht, jenes Recht, das einem jeden Augenzeugen, der daher sagt, ich hab's gesehen, zukommt, zu schwören, daß er keine Lippen hat. Doch er hat sie geöffnet, reißt sie auf vor Schreck und Überraschung, aus Fassungslosigkeit, und so lassen sich, wenn auch nicht sehr deutlich, zwei fleischige Ränder oder blasse Larven unterscheiden, die sich nur aufgrund der anderen Hautbeschaffenheit von der sie umgebenden Blässe abheben. Das Doppelkinn zittert über dem Kehlkopf und anderen Knorpeln, der ganze Körper begleitet den Stuhl nach hinten, und auf dem Boden ist schon zur Seite gerollt, nicht sehr weit weg, denn wir alle dürfen es nicht aus den Augen verlieren, das abgebrochene Stuhlbein. Es hinterließ einige Klümpchen gelblichen Mehls, nicht sehr viel, richtig, aber genug, damit wir in unserer Vorstellung an eine Sanduhr denken, deren skatologischer Inhalt aus den Ausscheidungen der Käfer besteht: wodurch uns einleuchtet, wie absurd es wäre, hier Buck Jones und seinen Fuchs ins Spiel zu bringen, und zwar voraussetzend, daß Buck Jones beim letzten Halt das Pferd gewechselt hat und jetzt das Pferd von Fred reitet. Lassen wir also dieses Pulver beiseite, das nicht einmal Schwefel ist, dem Szenarium jedoch sehr zugute käme, wenn es Schwefel wäre, mit den bläulich züngelnden Flammen oder dem beißend scharfen und stechenden Geruch — gelobt sei die Tautologie! — seiner Gase und Säuren. Es wäre eine ausgezeichnete Form, die Hölle als solche in Erscheinung treten zu lassen, derweil der Stuhl des Beelzebub zusammenbricht und er nach hinten fällt, Satanas, Asmodi und Legionen mit sich reißend.

Der Alte hat die Armlehnen bereits losgelassen, die wider Erwarten nicht zitternden Knie gehorchen jetzt einem anderen Gesetz, und die Füße, die immer in Stiefeln stecken, damit keiner merkt, daß seine Zehen mit Horn überzogen sind (niemand hat es beizeiten gelesen, es steht alles geschrieben, die Legende von der Dame mit den Ziegenfüßen), die Füße sind schon in der Luft. Wir werden die Zuschauer dieser großartigen Turnübung sein, des Salto mortale rückwärts, viel spektakulärer dieser, wenn auch ohne Publikum, als all diejenigen, die man in olympischen und anderen Stadien von der Tribüne aus gesehen hat, zu Zeiten, als ein Stuhl noch solide und das Anobium eine recht unwahrscheinliche Arbeitshypothese war. Und keiner ist zugegen, der diesen Moment aufnähme. Mein Reich für eine Polaroidkamera, schrie Richard III., doch niemand schenkte ihm Gehör, weil die Forderung zu früh kam. Das Nichts, das wir erhalten im Tausch gegen dieses Alles, das es uns ermöglicht, ein Foto der Kinder, den Mitgliedsausweis und das wahre Bild des Falles zu zeigen. Oh, diese Füße in der Luft, immer weiter vom Fußboden entfernt, oh, dieser Kopf, der ihm immer näher kommt, ach, Santa Comba, nicht Heilige der Bekümmerten, wohl aber Schutzherrin dessen, der diese nur zu oft bekümmerte. Die Töchter des Mondego klagen ob des finsteren Todes fürs erste noch nicht. Dieser Fall ist alles andere als irgendein Ausgleiten Chaplins, er läßt sich nicht wiederholen, er ist einmalig und von daher herausragend, wie als noch Hand in Hand gingen die Taten Adams und die Grazien Evas. Und da wir Eva ins Spiel gebracht haben, du diensteifrige Eva des Hauses, Herrin im kleinen, Wohltäterin der Arbeitslosen, sofern sie ehrlich, katholisch und enthaltsam sind, Spalte des Martyriums, gedüngte und gediehene Macht im Schatten dieses Adams, der auch ohne Apfel und Schlange fällt, wo bist du? Zuviel Zeit vergeudest du in der Küche, oder am Telefon mit den Marienschwestern oder den Sklavinnen des Heiligen-Herz-Jesu oder den Schutzbefohlenen der Heiligen Zita, viel Wasser verschwendest du beim Gießen der eingetopften Begonien, wie abgelenkt du bist, du schlaue Weibsperson, die du nicht zu Hilfe eilst, und tätest du es, wem würdest du dann helfen? Es ist spät. Die Heiligen kehren der Szene den Rücken zu, sie pfeifen, tun, als wären sie zerstreut, denn sie wissen nur zu gut, daß es keine Wunder gibt, sie nie gegeben hat, und wenn auf der Welt etwas Außergewöhnliches passiert ist, dann hatten sie wohl das Glück, zugegen zu sein, und konnten die Gelegenheit nutzen. Nicht einmal der Heilige Joseph, seinerzeit Zimmermann von Beruf, und als Zimmermann besser denn als Heiliger, wäre in der Lage gewesen, dieses Stuhlbein rechtzeitig zu leimen, um den Sturz zu verhindern, bevor dieser neue Sieger der portugiesischen Turnkunst seinen Salto mortale vorführt, und die beflissene Eva und Hausdame nimmt jetzt die drei Fläschchen mit den Pillen und Tropfen zur Hand, die der Alte einnehmen soll, ein jedes Medikament einzeln, jeweils vor, während und nach dem Essen.

Der Alte sieht die Zimmerdecke. Er sieht sie nur, hat keine Zeit, sie anzusehen. Mit den Armen und Beinen zappelnd wie eine auf den Rücken gedrehte Schildkröte; und kurz danach sieht er eher aus wie ein onanierender Seminarist in Stiefeln, der in den Ferien aufs Land gefahren ist zu seinen ehrenwerten Eltern, die gerade auf dem Dreschboden sind. Nur das, weiter nichts. Wie sanft dieses Land und rauh, und einfach, um seinen Fuß darauf zu setzen und dann zu sagen, alles sei nur Stein und wir seien arm geboren und würden Gott sei Dank auch arm sterben und stünden darob in der Gnade des Herrn. Falle, Alter, falle. Sieh, in diesem Augenblick sind dir deine Füße über den Kopf gewachsen. Bevor deine artistische Leistung, garantiert eine olympische Medaille, vollbracht ist, wirst du einen Handstand machen, wie jener, der neulich diesem jungen Mann am Strand nicht gelingen wollte, immer wenn er es versuchte, knickte er um mit seinem einen Arm, den anderen hatte er in Afrika verloren. Zu Boden. Doch laß dir Zeit: die Sonne steht noch hoch am Himmel. Wir, die wir all dies miterleben, können sogar an ein Fenster treten und nach draußen schauen, ohne jegliche Hast, und von da aus ein großartiges Panorama von Städten und Dörfern, Flüssen und Tälern, Bergen und Feldern genießen und dem Teufel, der uns in Versuchung führt, sagen, daß eben dies die Welt ist, die wir wollen, denn es ist mehr als recht, wenn jemand das begehrt, was ihm gehört. Mit geblendeten Augen wenden wir uns wieder dem Zimmer zu, und es ist so, als wärest du nicht da: Wir haben zuviel Licht mitgebracht und müssen nun warten, daß es sich an das Halbdunkel gewöhnt oder wieder nach draußen zurückkehrt. Endlich bist du dem Boden näher. Der unversehrte und der wurmstichige Fuß des Stuhles sind nach vorn gerutscht, das gesamte Gleichgewicht ist dahin. Die Vorläufer des wahren Falls zeichnen sich ab, die Luft in der Umgebung verformt sich, die Gegenstände geduckt vor Schreck, der Angriff naht, und der ganze Körper des Mannes ist eine krampfhafte Verrenkung, eine Art rheumatische Katze, folglich unfähig, in der Luft die letzte Wendung, die sie retten würde, zu vollziehen und mit den vier Pfoten sanft auf dem Boden zu landen, siebenmal am Leben. Im Vergleich zu allem, was er einmal darstellte, ohne jedes Anzeichen, daß in seinem Inneren das Anobium am Werk war, gibt dieser Stuhl keine gute Figur ab: schlimmer aber, oder genauso schlimm, ist in der Tat diese Kante, oder Spitze, oder Ecke eines Möbels, deren geballte Faust zu einem bestimmten Punkt im Raum aufragt, der augenblicklich noch frei ist, noch zwanglos und unberührt, an der aber der Bogen, den der Kopf des Alten spannt, sich unterbrechen und zurückschnellen wird, momentan die Richtung ändernd und dann weiter fallend, nach unten, in die Tiefe, ohne Erbarmen, gezogen von diesem im Zentrum der Erde hausenden Kobold, Tausende von Fäden in der Hand, nach unten und nach oben, unten dasselbe treibend wie hier oben die Marionettenspieler, bis zum letzten, entscheidenden Zug, der uns von der Bühne holt. Diese Zeit wird für den Alten noch nicht gekommen sein, aber es ist offensichtlich, daß er fällt, um von neuem und zum letztenmal zu fallen.

Und jetzt, wie weit ist sie noch weg, welche Entfernung besteht zwischen der Ecke des Möbels, der Faust, dem Stützpunkt in Afrika und dem empfindlichsten Teil des Kopfes, dem prädestinierten Knochen? Wir können das Maß feststellen und werden uns wundern über die geringe Entfernung, die noch zu fallen bleibt, siehe da, sie entspricht nicht einmal mehr der Breite eines Fingers, oder ähnlich, weniger, eines Fingernagels, einer Rasierklinge, eines Haars, eines simplen von der Seidenraupe oder Spinne gewebten Fadens. Zeit bleibt noch ein wenig, doch der Raum wird sich erschöpfen. Die Spinne hat in diesem Augenblick ihr letztes Körpersekret ausgeschieden, sie verschließt das Kokon, die Fliege ist schon gefangen.

Erstaunlich dieser Ton. Eindeutig, in einem bestimmten Sinne eindeutig, um keine Zweifel bei den Zeugen, die wir sind, aufzuwerfen, doch gedämpft, erstickt, diskret, damit keiner von ihnen zu früh herbeieilt, weder die liebedienerische Eva noch die Kains, damit alles sich zwischen ihm allein und dem Alleinigen abspiele, wie es soviel Größe gebührt. Wie vorauszusehen war und in Erfüllung der physikalischen Gesetze, prallte der Kopf auf und dann ein wenig zurück, sagen wir, da wir in der Nähe sind und vor kurzem gerade andere Bemessungen durchgeführt haben, zwei Zentimeter nach oben und zur Seite. Von diesem Augenblick an ist der Stuhl nicht mehr von Belang. Nicht einmal der restliche Fall, nun pleonastisch, wäre von Belang. Das Projekt von Buck Jones folgte, darauf wurde bereits hingewiesen, einer Flugbahn, war auf ein Ziel gerichtet. Da haben wir es.

Was immer nun noch geschehen möge, geschieht auf der Innenseite. Zuvor aber weise man darauf hin, daß der Körper aufs neue fiel, und auch der ihn begleitende Stuhl, von dem nicht mehr die Rede sein wird, und wenn, dann nur in Allusionen. Es ist egal, ob die Schallgeschwindigkeit plötzlich die Lichtgeschwindigkeit einholt. Was kommen mußte, ist gekommen. Eva kann besorgt herbeieilen, Gebete stammelnd, wie sie es stets bei passenden Anlässen getan, oder aber diesmal nicht, wenn es stimmt, daß das Unglück den Opfern die Sprache verschlägt, wenn auch nicht die schreiende. Deshalb fällt die Eva des Hauses, Spalte des Martyriums, auf die Knie und fragt, jetzt stellt sie Fragen, denn die Katastrophe ist schon vorüber, alles ist vorbei, es bleiben die Folgen. In Bälde werden von allen Seiten die Kains die Treppen heraufstürmen, falls es nicht doch ungerecht ist, ihnen den Namen eines unglücklichen Mannes zu geben, von dem der Herr sein Haupt abwandte und der sich von daher menschlicherweise an einem Speichellecker und Intriganten von Bruder rächte. Auch Aasgeier werden wir sie nicht nennen, wenn sie sich auch so bewegen, oder doch nicht, oder doch: treffender wäre es, unter dem doppelten Gesichtspunkt der Morphologie und der Charakterologie, sie im Kapitel der Hyänen unterzubringen, und dies ist eine große Entdeckung. Mit dem wichtigen Hinweis, daß die Hyänen, genau wie die Aasgeier, nützliche Tiere sind, die die Landschaft der Lebenden von totem Fleisch befreien, und dafür werden wir ihnen noch danken, während diese hier gleichzeitig die Hyäne und ihr eigenes totes Fleisch sind, und genau das ist schließlich die große Entdeckung, von der die Rede war. Das Perpetuum mobile ist, im Gegensatz zu dem, was die naiven Sonntagserfinder und die erleuchteten Thaumaturgen der Zimmermeisterei sich immer noch vorstellen, keineswegs mechanisch. Es ist, im Gegenteil, biologisch, ist diese Hyäne, die sich von ihrem toten, faulen Körper ernährt und sich somit als Tod und Fäulnis ständig erneuert. Um den Kreislauf zu unterbrechen, wäre nicht alles ausreichend, doch eine Kleinigkeit schon reichlich. Einige Male, wenn Buck Jones nicht verfügbar wäre, da er auf der anderen Seite der Berge ein paar einfache und anständige Viehdiebe jagte, täte es auch ein Stuhl und ein fester Punkt im Universum, um die Welt aus den Angeln zu heben, wie Archimedes es zu Hieron von Syrakus gesagt hat, und um die Blutgefäße zum Platzen zu bringen, die die Knochen des Schädels zu schützen meinten, und im eigentlichen Sinne steht hier meinten, denn schlecht wäre es um sie bestellt, wenn Knochen, die so nahe am Gehirn sind, nicht einmal in der Lage wären, ob nun auf dem Weg der Osmose oder der Symbiose, einen mentalen Vorgang durchzuführen, der ebenso auf der Hand liegt wie das simple Meinen. Und selbst dann, ist der Kreislauf einmal unterbrochen, muß man auf das achten, was an der Bruchstelle aus ihr diffundiert werden kann, und es könnte vielleicht, in diesem Fall nicht per Transplantation, eine Hyäne sein, die aus den eiternden Flanken geboren wird wie Merkur aus dem Oberschenkel Jupiters, falls derartige der Mythologie entnommene Vergleiche erlaubt sind. Das wäre jedenfalls eine andere, wer weiß, vielleicht bereits erzählte Geschichte.

Die dienende Eva lief aus dem Zimmer, laut schreiend rannte sie und Wörter von sich gebend, die es sich nicht aufzuschreiben lohnt, so sehr ähneln sie oder so wenig unterscheiden sie sich von denen, es sei denn im mittelalterlichen Stil, nicht ganz, die Leonor Teles hervorstieß, nachdem man ihr den geliebten Grafen Andeiro ermordet hatte, und sie war eine Königin. Dieser Alte ist nicht tot. Er ist nur ohnmächtig, und wir können uns auf den Boden setzen, mit gekreuzten Beinen, ohne Eile, denn eine Sekunde ist ein Jahrhundert, und bevor hier die Ärzte und die Krankenpfleger mit der Trage und die Hyänen in den gestreiften Hosen, Tränen vergießend, eintreffen, wird nahezu eine Ewigkeit vergehen. Schauen wir genau hin. Er ist blaß, doch nicht kalt. Das Herz schlägt, der Puls ist regelmäßig, er sieht ganz so aus, als schliefe er, und jetzt stellt euch einmal vor, all dies könnte auch ein großes Mißverständnis sein, eine monströse Inszenierung, um das Gute vom Bösen zu trennen, den Weizen von der Spreu, die Freunde von den Feinden, diejenigen, die dafür sind, von denen, die dagegen sind, woraus folgt, daß Buck Jones in dieser ganzen Stuhlgeschichte nichts als ein kleiner, mieser Provokateur war.

Ruhig Blut, Portugiesen, hört zu und seid geduldig. Wie ihr wißt, ist der Schädel ein Knochengerüst, das das Hirn umgibt, welches seinerseits, wie wir auf dieser anatomischen Tafel in Originalfarben sehen können, nicht mehr und nicht weniger ist als der obere

Teil des Rückenmarks. Dieses, das am Rücken entlang ziemlich eingeengt verlief, fand auf einmal Platz und ging auf wie eine Knospe der Intelligenz. Seht, dieser Vergleich ist keineswegs platt oder verächtlich. Groß ist die Zahl der Blumensorten, und in diesem Fall reicht es aus, sich eine vorzustellen, oder jeder einzelne kann sich seine Lieblingsblume vorstellen und am entgegengesetzten Ende verbi gratia eine, die er auf den Tod nicht ausstehen kann, eine fleischfressende Blüte, de gustibus et coloribus non disputandum, vorausgesetzt, wir sind uns einig in der Verachtung dessen, was aus der eigenen Art schlägt, wenngleich wir aufgrund dieses Mindestmaßes an Strenge, das Lehrende wie Lernende stets auszeichnen sollte, hinterfragen müßten, inwiefern diese Anklage gerecht ist, und obwohl wir uns, ich wiederhole es, der Vollständigkeit halber fragen sollten, welches Recht eine Pflanze womöglich haben könnte, sich zweifach zu ernähren, zuerst von der Erde und anschließend von dem, was in der Luft fliegt in der unerschöpflichen Form der Insekten, wenn nicht gar der Vögel. Stellen wir en passant fest, wie leicht es geschehen kann, daß eine Lähmung des Verstandes eintritt, wenn er sowohl von der einen als auch von der anderen Seite Informationen bekommt, sie alle beide für bare Münze hält und in Neutralität versinkt, denn wir erklären uns ungeteilten Geistes und opfern Tag für Tag auf dem Altar der Vernunft unser größtes Vergnügen. Doch während wir diesem langen Sturz beiwohnten, waren wir keineswegs neutral. Und was die Vernunft betrifft, so lasse man zumindest die erforderliche außer acht, um mit gebührender Aufmerksamkeit die Bewegung des Zeigestocks zu verfolgen, der über diesen Längsschnitt des Hirns wandert.

Sehen Sie, meine Damen und Herren, hier diese Art länglicher Brücke, die aus Nervenfasern besteht: sie nennt sich Fornix und bildet den oberen Teil des Sehhügels. Dahinter sieht man zwei schräge Furchen, die natürlich nichts mit der Vertiefung zwischen den beiden Lippen zu tun haben. Wenden wir uns nun der anderen Seite zu. Achtung. Das, was sich hier hervorhebt, sind die Lamina tecti, auch genannt Vierhügelplatte, und da sehen Sie die Aufteilung des Großhirns in Lappen oder Lobi (wobei wir hier nicht in der Zoologiestunde sind, bitte nicht verwechseln mit Wölfen oder Lupi − also mit ob und nicht mit up schreiben). Dieser große Teil ist das Stirnhirn, und das sind die berühmten Hirnwindungen. Hier an dieser Stelle liegt natürlich, wie wir alle wissen, das Kleinhirn mit seinem inneren Teil, genannt Arbor vitae, was zusammenhängt, das sollte man klarstellen, damit nicht noch einer auf die Idee kommt, wir hätten es mit Botanikunterricht zu tun, mit dem Nervengewebe, das eine gewisse Anzahl von Falten (Plicae) aufweist, die ihrerseits Sekundärfalten bilden. Wir haben bereits über das Rückenmark gesprochen. Sehen Sie, dieses hier ist keine Brücke, heißt aber Varolsbrücke und hört sich an, als führte sie über einen Fluß in Italien, da werden Sie mir doch recht geben. Dahinter das verlängerte Mark (Medulla oblongata). Es fehlt nicht mehr viel bis zum Ende der Beschreibung, bewahren Sie die Ruhe. All diese Erklärungen könnten natürlich sehr viel umfassender und minuziöser sein, doch dafür bedürfte es der Autopsie. Begnügen wir uns also damit und erwähnen wir nur noch die Hypophyse oder Hirnanhangdrüse, ein Gebilde aus Drüsen- und Nervengewebe, hier der Hypophysenhinterlappen, der sich aus dem Boden des dritten Ventrikels entwickelt. Und abschließend informieren wir, daß dieses Gebilde hier der Sehnerv ist, eine Sache von allergrößter Bedeutung, denn so wird niemand zu behaupten wagen, er habe nichts von dem, was sich an diesem Ort abgespielt hat, gesehen.

Und jetzt die grundsätzliche Frage: Wozu ist das Gehirn, vulgo Grips, eigentlich gut? Es ist für alles gut, denn es dient zum Denken. Doch aufgepaßt, wir wollen jetzt keineswegs dem Aberglauben verfallen, alles, was den Hirnschädel ausfüllt, habe mit Denkprozessen zu tun. Da liegen Sie falsch, meine Damen und Herren! Der größte Teil dieser Masse, die der Schädel umgibt, hat nichts mit dem Denken zu tun, weit gefehlt. Nur ein ganz dünner Mantel aus nervlicher Materie, genannt Cortex cerebri, ungefähr drei Millimeter dick, der die Oberfläche der Großhirnhemisphären bedeckt, ist der Ort des Bewußtseins. Man stelle bitte fest, welch verblüffende Ähnlichkeit beispielsweise besteht zwischem dem, was wir als Mikrokosmos, und dem, was wir als Makrokosmos bezeichnen werden, zwischen den drei Millimetern Cortex, die uns zu denken erlauben, und den wenigen Kilometern Atmosphäre, die uns das Atmen ermöglichen, unbedeutend die einen wie die anderen und alle beide ihrerseits im Vergleich nicht einmal zur Größe der Galaxie, aber zum simplen Durchmesser des Planeten Erde. Staunen wir, Brüder und Schwestern, und preisen wir den Herrn.

Der Körper ist noch hier und könnte so lange hier bleiben, wie wir es wünschen. Da, am Kopf, an dieser Stelle, wo die Haare zerzaust sind, war der Aufprall. Auf den ersten Blick nichts besonders Schlimmes. Ein leichter Bluterguß, wie von einem nervösen Fingernagel stammend, vom Haaransatz beinahe verdeckt, es sieht nicht so aus, als ob an dieser Stelle der Tod Einzug halten könnte. In Wirklichkeit ist er schon drinnen. Nanu, was ist denn los? Wollen wir den besiegten Feind auch noch bemitleiden? Ist der Tod etwa eine Entschuldigung, eine Sühne, ein Schwamm, eine Lauge, um sich von Verbrechen reinzuwaschen? Der Alte hat soeben die Augen aufgeschlagen und erkennt uns nicht wieder, was nur ihn wundert, nicht uns, denn er kennt uns nicht. Sein Kinn zittert, er möchte sprechen, er ist beunruhigt, wie wir hier hereingekommen sind, hält uns für die Attentäter. Er wird nichts sagen. Speichel läuft ihm aus einem Mundwinkel das Kinn hinab. Was würde Schwester Lúcia in diesem Falle tun, was täte sie, wenn sie hier wäre, auf den Knien liegend, umhüllt von ihrer dreifachen Ausdünstung aus Moder, Röcken und Weihrauch? Würde sie den Speichel ergeben abwischen oder, noch hingebungsvoller, sich ganz nach vorn beugen und, sich niederwerfend, mit der Zunge das heilige Sekret, die Reliquie auffangen, um sie in einer Ampulle zu verwahren? Die sakrale Geschichte wird nichts darüber schreiben, ebensowenig, das wissen wir, die profane, und auch die dienende Eva wird in ihrem Herzeleid nicht merken, wie beleidigend es ist, daß der Alte sich vollsabbert.

Auf dem Flur ertönen schon Schritte, doch wir haben noch Zeit. Der Bluterguß ist dunkler geworden, und die Haare scheinen an dieser Stelle gesträubt. Einmal zärtlich mit dem Kamm durchfahren, und alles könnte wieder in Ordnung gebracht werden an dieser Oberfläche, die wir sehen. Doch es wäre vergeblich. Auf einer anderen Oberfläche, der des Cortex, sammelt sich das Blut, das durch den Aufprall genau an dieser Stelle von den Gefäßen freigegeben wird. Es ist das Hämatom. Dort befindet sich in diesem Augenblick das Anobium, vorbereitet für die zweite Runde. Buck Jones hat seinen Revolver abgewischt und steckt neue Patronen ins Magazin. Da kommen sie schon, um den Alten abzuholen. Dieses Kratzen von Fingernägeln, dieses Klagen, es sind die Hyänen, niemand, der es nicht wüßte. Laß uns ans Fenster treten. Na, was sagst du zu diesem Monat September? Wie lange mag es her sein, daß wir um diese Jahreszeit nicht mehr solch ein schönes Wetter hatten?

Embargo

*E*r erwachte mit dem quälenden Gefühl von abge-würgtem Traum und sah vor sich die graue eisige Fensterscheibe, das rechteckige Auge der Morgen-frühe, das da bleich und kreuzweise geschnitten durch den triefenden kondensierten Atem hereinschaute. Er meinte, seine Frau hätte beim Schlafengehen verges-sen, die Stores zuzuziehen, und ärgerte sich: Wenn er nun nicht mehr einschlafen könnte, wäre sein ganzer Tag verdorben. Doch er brachte es nicht über sich, auf-zustehen und das Fenster zu verdunkeln; lieber zerrte er die Bettdecke über das Gesicht und wandte sich der schlafenden Frau zu, flüchtete in ihre Wärme und in den Duft ihres offenen Haars. Unruhig verharrte er noch einige Minuten, fürchtete, den frühen Morgen durchwachen zu müssen. Doch dann half ihm die Vor-stellung vom wohligen Kokon seines Lagers und von der labyrinthischen Gegenwart dieses Körpers, an den er sich schmiegte, und gewissermaßen in einem trägen Bogenschlag aus sinnlichen Bildern glitt er in den Schlaf zurück. Das graue Auge der Scheibe wurde bald blau, betrachtete starr die beiden Häupter, die da in den Kissen lagen wie vergessene Stücke eines Umzugs in ein anderes Haus oder eine andere Welt. Als der Wecker zwei Stunden später klingelte, war es im Zim-mer hell.

Zur Frau sagte er, sie solle liegen bleiben, solle den Morgen ein bißchen länger genießen. Er schlüpfte hervor in die Kälte, heraus in die diffuse Feuchtigkeit der Wände, der Klinken, der Handtücher im Bad. Beim Rasieren rauchte er die erste Zigarette und die zweite beim inzwischen aufgebrühten Kaffee. Er hustete wie jeden Morgen. Dann kleidete er sich an, tastend, ohne Licht im Schlafzimmer zu machen. Er wollte die Frau nicht aufwecken. Ein frischer Duft nach Kölnischwasser belebte das Halbdunkel. So daß die Frau wohlig seufzte, als ihr Mann sich über das Bett beugte, zu einem Kuß auf ihre geschlossenen Lider. Er flüsterte, zum Mittagessen komme ich nicht heim.

Er schloß die Tür und eilte die Treppe hinab. Das Haus wirkte stiller als sonst. Vielleicht war es neblig, überlegte er. Ihm war aufgefallen, daß Nebel wie eine Glocke die Laute dämpft und sie verwandelt, sie gleichsam auflöst wie Bilder. Wahrscheinlich herrschte Nebel. Auf dem letzten Treppenabsatz hätte er die Straße bereits im Blick und wüßte dann, ob seine Vermutung richtig war. Nun, da herrschte ein noch aschiges Licht, aber ein hartes, quarzgrelles. Am Rande des Bürgersteigs lag eine große tote Ratte. Als er sich vor der Haustür die dritte Zigarette anzündete, kam ein eingemummelter Junge mit Mütze vorbei; er spuckte auf das Tier, wie man es ihn gelehrt und wie er es andere hatte tun sehen.

Das Auto stand fünf Häuser weiter. Ein großes Glück, daß er es dort hatte parken können. Er hegte den Aberglauben, je weiter fort er es über Nacht ab-

46

stellte, desto größer die Gefahr, daß es gestohlen wurde. Zwar hatte er es nie laut gesagt, doch er war sicher, sein Auto nicht wiederzusehen, wenn er es etwa in einem Außenbezirk der Stadt abstellte. Hier, so nahe, da hatte er keine Bange. Er fand das Auto von Tröpfchen übersät, die Scheiben beschlagen. Wäre es nicht so kalt, man könnte meinen, der Wagen schwitzte wie ein lebender Körper. Er prüfte wie immer die Reifen, überzeugte sich nebenher, daß die Antenne heil war, und öffnete die Tür. Innen war es eiskalt. So, mit den beschlagenen Fenstern, wirkte das Auto wie eine in Sintflut versunkene Höhle aus durchscheinenden Wänden. Er hätte es vielleicht lieber auf einem Gefälle abstellen sollen, überlegte er, dann könnte er schwungvoller anfahren. Er drehte den Zündschlüssel, und schon heulte der Motor auf, mit einem tiefen, drängenden Fauchen. Er lächelte überrascht und zufrieden. Der Tag nahm einen guten Anfang.

Weiter vorn auf der Straße kam der Wagen in Fahrt, er scharrte den Asphalt wie ein Huftier, zermalmte den verstreuten Abfall. Der Zeiger des Tachos sprang auf 90, eine selbstmörderische Geschwindigkeit in dieser engen, von parkenden Autos gesäumten Straße. Nanu! Er nahm den Fuß vom Gas, beunruhigt. Es war, als hätte ihm jemand den Motor gegen einen weitaus stärkeren ausgetauscht. Behutsam trat er das Gaspedal und hatte den Wagen nun wieder in der Gewalt. Alles in Ordnung. Manchmal hat man den Fußdruck nicht recht unter Kontrolle. Es genügt schon, daß der Schuhabsatz leicht verrutscht, und schon sind Bewegung und Druck verändert. So einfach ist das.

Von dem Zwischenfall abgelenkt, schaute er jetzt erst auf die Tankanzeige. Hatte man ihn – es wäre ja nicht das erste Mal – über Nacht bestohlen? Nein. Der Tank war unverändert zur Hälfte gefüllt. Er hielt an einer Ampel, fühlte den Wagen unter seinen Händen hartnäckig vibrieren. Merkwürdig. Noch nie war ihm dieses animalische Zittern aufgefallen, das in Wellen durch die Karosserie flutete und ihm den Bauch beben ließ. Als Grün wurde, schien sich das Auto dann zu schlängeln, sich auszudehnen wie eine dünne Flüssigkeit, darauf versessen, alles vor ihm zu überholen. Merkwürdig. Um so mehr, als er sich immer für einen überdurchschnittlich guten Fahrer gehalten hatte. Eine Frage der Veranlagung, diese heutzutage wohl seltene Sicherheit der Reflexe. Halbvoll. Sollte er an einer geöffneten Tankstelle vorbeikommen, würde er die Gelegenheit nutzen. Genau, in Anbetracht der vielen Besorgungen, die er vor dem Büro noch zu erledigen hatte, lieber mehr als weniger im Tank haben. Dieses dämliche Embargo. Panik, stundenlanges Warten, eine Schlange Dutzender und Dutzender von Wagen. Es heißt, die Wirtschaft wird die Folgen zu spüren bekommen. Der Tank halbvoll. Andere fahren mit viel weniger, aber wenn möglich, dann lieber auffüllen. Der Wagen bog schlingernd in eine Kurve und schoß im selben Schwung mühelos eine steile Straße hinauf. In der Nähe gab es eine weniger bekannte Tankstelle, vielleicht hatte er Glück. Wie ein Spürhund auf der Fährte wand der Wagen sich durch den Verkehr, bog um zwei Ecken und stellte sich hinter den bereits wartenden Autos an. In der Tat eine gute Idee.

48

Er schaute auf die Uhr. Vor ihm an die zwanzig Autos. Nicht übermäßig viel. Er überlegte, ob er vielleicht doch zuerst ins Büro fahren und die Besorgungen am Nachmittag erledigen sollte, dann sorglos, weil mit vollem Tank. Er kurbelte das Fenster herunter und rief nach einem gerade vorbeigehenden Zeitungsverkäufer. Draußen war es sehr kalt. Hier drinnen aber, im Wagen, die Zeitung über dem Lenkrad aufgeschlagen und eine Zigarette rauchend, während man wartete, hier drin herrschte angenehme Wärme, wie unter dem Deckbett. Beim Gedanken an seine Frau, die zu dieser Stunde noch im Bett kuschelte, dehnte er die Rückenmuskulatur wie ein wollüstig buckelnder Kater und setzte sich besser zurecht. Die Zeitung verhieß nichts Gutes. Das Embargo dauerte an. Eine der Schlagzeilen kündigte ein finsteres, kaltes Weihnachten an. Doch sein Tank war noch halbvoll und würde bald randvoll sein. Das Auto vor ihm rückte ein bißchen vor. Na bitte.

Anderthalb Stunden später tankte er voll, und nach weiteren drei Minuten fuhr er ab. Ein bißchen besorgt, denn der Tankwart hatte ihn – mit gelangweilter Stimme, weil er es so oft wiederholen mußte – wissen lassen, daß es hier in den nächsten vierzehn Tagen kein Benzin geben werde. Auf dem Beifahrersitz verkündete das Blatt rigorose Einschränkungen. Nun ja, wenigstens war sein Tank voll. Und nun? Sollte er stracks ins Büro oder erst bei einem Kunden vorbei, um einen Auftrag zu besiegeln? Er entschied sich für den Kunden. Besser, das Zuspätkommen mit diesem Termin zu begründen als einzugestehen, daß er bei noch halbvollem Tank anderthalb Stunden in der Schlange vor der Zapfsäule gestanden hatte. Der Wagen fuhr bestens. Er hatte sich am Steuer noch nie so wohl gefühlt. Er stellte das Radio an und hörte die Nachrichten. Die Meldungen wurden von Mal zu Mal schlimmer. Diese Araber. Dieses dämliche Embargo.

Unversehens machte der Wagen einen Schlenker, bog rechts in eine Seitenstraße ein und hielt am Ende einer Autoschlange, die kürzer war als die vorige. Was denn, was denn? Sein Tank war voll, ja, praktisch voll, es war wie verhext. Er griff nach dem Schalthebel, wollte den Rückwärtsgang einlegen, aber es gelang ihm nicht. Er versuchte es mit Gewalt, aber das Getriebe schien blockiert zu sein. So was Dummes. Jetzt auch noch eine Panne. Der Wagen vor ihm rückte weiter. Vorsichtig und mit dem Schlimmsten rechnend, legte er den ersten Gang ein. Alles bestens. Er atmete erleichtert auf. Aber was würde geschehen, wenn er später wieder den Rückwärtsgang brauchte?

Etwa eine halbe Stunde später füllte er einen halben Liter Benzin auf, peinlich berührt vom abschätzigen Blick des Tankwarts. Er gab ein närrisch hohes Trinkgeld und brauste mit quietschenden Reifen eiligst davon. Teufel, es war nicht zu fassen. Nun zum Kunden, oder es ist ein verlorener Vormittag. Jetzt fuhr der Wagen besser als je zuvor, er gehorchte seinen Bewegungen so unmittelbar, als wäre er ein mechanischer Fortsatz seines Körpers. Doch der Rückwärtsgang, das gab ihm zu denken. Und da hatte er dann auch schon die Bescherung. Ein riesiger liegengebliebener Laster versperrte die gesamte Fahrbahn. Einen

Umweg zu nehmen war schon nicht mehr möglich, er stand ganz nah dahinter. Ängstlich schaltete er wieder, und mit einem sanften Saugegeräusch rastete der Rückwärtsgang ein. Er konnte sich nicht entsinnen, daß die Kupplung jemals so reagiert hatte. Er drehte das Lenkrad nach links, gab Gas, machte einen Satz auf den Bürgersteig, raste behende wie ein entfesseltes Tier am Lieferwagen vorbei und landete dann dahinter. Diese Teufelskiste hielt wirklich einiges aus. Vielleicht waren in der durch das Embargo ausgelösten Verwirrung, in der Panik, die Tankstellen mit kräftigerem Treibstoff beliefert worden. Er jedenfalls profitierte davon.

Er schaute auf die Uhr. Lohnte es noch, zu dem Kunden zu fahren? Vielleicht hatte er ja Glück, und das Geschäft war noch geöffnet. Sofern der Verkehr erlaubte, jawohl, sofern der Verkehr es erlaubte, würde es noch zu schaffen sein. Doch der Verkehr erlaubte es nicht. Es war Vorweihnachtszeit, und trotz des Benzinmangels tummelte sich alle Welt auf den Straßen und war denen im Weg, die arbeiten mußten. Und als er eine wenig befahrene Seitenstraße sah, strich er den Kundenbesuch. Besser, er brachte im Büro irgendeine Ausrede vor und verschob die Sache auf den Nachmittag. Über seinem Zögern hatte er sich vom Zentrum weit entfernt. Hatte nutzlos Benzin verbraucht. Aber im Grunde war der Tank ja voll. Die Straße mündete auf einen Platz, wo er eine weitere Autoschlange warten sah. Er lächelte erheitert und beschleunigte, wollte an den vor Kälte erstarrten Fahrern vorbeibrausen. Doch zwanzig Meter davor bog der Wagen von selbst nach

links und hielt ganz sanft, gleichsam mit einem Seuf-
zer, am Ende der Schlange an. Was war das? Er wollte
doch gar nicht tanken. Was war das nur? Der Tank war
doch voll. Er prüfte die verschiedenen Anzeigen, betastete das Lenkrad, es kostete ihn Mühe, den Wagen
wiederzuerkennen, und bei seiner Untersuchung ver-
stellte er auch den Rückspiegel und musterte sich
darin. Er sah ein perplexes Gesicht und fand, dazu gab
es allen Grund. Im Rückspiegel sah er außerdem ein
Auto herannahen, das sich offenbar ans Ende der
Schlange stellen wollte. Dann würde er hier festsitzen,
mit vollem Tank. Hastig schaltete er, um den Rückwärtsgang einzulegen. Der Wagen bockte, der Hebel
entwand sich der Hand. Und schon war er zwischen
Vorder- und Hintermann eingekeilt. Zum Teufel!
Was war bloß mit diesem Wagen los? Er würde ihn in
die Werkstatt bringen müssen. Ein Rückwärtsgang,
der nach eigenem Belieben funktioniert oder nicht
funktioniert, ist eine Gefahr.

Nach mehr als zwanzig Minuten fuhr er an der Zapfsäule vor. Er sah den Tankwart herantreten, und fast
versagte ihm die Stimme, als er ihn bat, vollzutanken.
Im selben Augenblick, um der Peinlichkeit zu entfliehen, legte er jäh den ersten Gang ein und gab Gas.
Vergeblich. Der Wagen rührte sich nicht vom Fleck.
Der Mann musterte ihn argwöhnisch und öffnete den
Tankverschluß. Nach wenigen Sekunden kam er wieder und verlangte die Summe für einen Liter, die er
knurrend fortsteckte. Daraufhin ließ sich der erste
Gang problemlos einlegen, der Wagen fuhr geschmei-
dig, ruhig atmend. Irgend etwas an diesem Wagen war

kaputt, die Kupplung, der Motor, irgendwas, verflixt noch mal. Oder konnte er einfach nicht mehr fahren? Oder war er krank? Er hatte doch gut geschlafen und hatte im Grunde nicht mehr Sorgen als sonst. Besser, er scherte sich jetzt und für den Rest des Tages nicht mehr um die Kunden, sondern bliebe im Büro. Er war beunruhigt. Rings um ihn vibrierte heftig die Karosserie, nicht an der Oberfläche, sondern im Metall, und der Motor arbeitete mit jenem unerträglichen Geräusch von Lungen, einatmend, ausatmend, einatmend, ausatmend. Zunächst dachte er, dieses Rätsel geschähe, weil er sich eine Route überlegte, die ihn von anderen Zapfsäulen fernhielt, und als er sich bei diesem Gedanken ertappte, erschrak er: War er nicht mehr ganz bei Trost? Er fuhr umher, wählte Umwege und Abkürzungen, bis er endlich zu seiner Firma gelangte. Es gelang ihm ohne Schwierigkeiten, einzuparken, und er seufzte erleichtert. Er stellte den Motor ab, zog den Schlüssel und öffnete die Tür. Aber er konnte nicht aussteigen.

Er dachte, sein Mantel sei irgendwo eingeklemmt, oder das Bein unter dem Lenkrad, und versuchte es abermals. Oder hatte er sich versehentlich wieder angeschnallt? Nein, da an der Seite hing der Gurt, gleichsam ein weicher schwarzer Darm. Das ist doch verrückt, dachte er. Ich muß krank sein; wenn ich hier nicht hinauskomme, dann weil ich krank bin. Arme und Beine konnte er frei bewegen, den Rumpf leicht zum Armaturenbrett vorbeugen, konnte nach hinten schauen, sich auch etwas nach rechts neigen, zum Handschuhfach hin, doch das Kreuz klebte an der

Sitzlehne. Nicht starr und fest, sondern wie ein Glied am Körper. Er zündete sich eine Zigarette an, und plötzlich war da die Sorge, was er zu seinem Chef sagen sollte, falls der aus einem Fenster schaute und ihn da hocken sähe im Wagen, rauchend, ohne Anstalten, auszusteigen. Ein lautes Hupen veranlaßte ihn, die nach der Straße hin aufgestoßene Tür zu schließen. Als der andere vorbei war, drückte er die Tür sacht wieder auf, warf die Zigarette hinaus, dann umklammerte er mit beiden Händen das Lenkrad und versuchte es mit einem gewaltsamen Ruck. Vergeblich. Und er verspürte noch nicht einmal einen Schmerz. Die Lehne hielt ihn sanft fest, hielt ihn gefangen. Was ging hier vor? Er drehte den Rückspiegel und betrachtete sich darin. Auf seinem Gesicht keine Veränderung. Nur eine diffuse, schlecht bezähmte Besorgtheit. Als er nach rechts schaute, zum Gehsteig, sah er ein kleines Mädchen, das ihn anstarrte, verwundert und belustigt. Dann kam eine Frau, in der Hand eine Strickjacke, die das Mädchen anzog, ohne dabei den Blick abzuwenden. Und dann entfernten sich die zwei, wobei die Frau dem Mädchen Kragen und Haare ordnete.

Wieder schaute er in den Spiegel, und da wurde ihm klar, was er tun mußte. Allerdings nicht hier. Hier konnte er gesehen werden, von Leuten, die ihn kannten. Er drehte den Wagen schnell in Richtung Straße, griff nach der Tür, schloß sie und fuhr los, so schnell es nur ging. Er hatte ein Ziel, hatte einen sehr klaren Vorsatz, der beruhigend wirkte, in einem Maße, daß der Kummer bald verflogen war und er schon wieder lächelte.

Die Tankstelle bemerkte er erst, als er sie fast schon erreicht hatte. Auf einem Schild stand «Ausverkauft», und der Wagen fuhr weiter, ohne die geringste Abweichung und ohne langsamer zu werden. Um das Auto mußte er sich offenbar keine Sorgen machen. Um so freudiger war sein Lächeln. Er fuhr aus der Stadt heraus, nun schon durch die Vororte, dem angestrebten Ziel ganz nahe. Er bog in eine noch nicht fertig gebaute Straße ein, dann nach links und wieder nach rechts und schließlich in eine verlassene Schlucht. Als er anhielt, begann es zu regnen.

Seine Idee war ganz einfach. Es galt, sich mit den Armen und dem Körper dem Mantel zu entwinden, ihm zu entschlüpfen, nicht anders als die Schlange ihrer alten Haut. Umringt von Menschen konnte er das nicht wagen, aber hier, allein, mitten in dieser Wüste und weit weg von der Stadt, die sich in der Ferne hinter dem Regen verbarg – nichts einfacher als das. Aber er irrte sich. Der Mantel klebte an der Lehne so fest wie am Anzug, an der Wollweste, am Hemd, am Unterhemd, an der Haut, an den Muskeln, an den Knochen. So dachte er, aber zehn Minuten später wand er sich nur noch im Wagen, schreiend, weinend, außer sich vor Verzweiflung. Er war gefangen. Wie sehr er auch ins Freie drängte, bei offener Autotür, durch die in jähen Böen der kalte Regen hereinplatzte, wie heftig er sich auch mit den Füßen hochzustemmen versuchte, er kam nicht vom Sitz weg. Beide Hände ins offene Schiebedach geklammert, versuchte er sich aufzurichten. Als sollte er die Welt aus den Angeln reißen. Er warf sich über das Lenkrad und stöhnte vor Entsetzen. Vor sei-

nen Augen bewegten sich kratzend und metronom-
artig die versehentlich angeschalteten Scheiben-
wischer hin und her. Von fern war das Heulen einer
Fabriksirene zu hören. Und nun tauchte in der Weg-
biegung ein Fahrradfahrer auf; er hatte ein großes
schwarzes Stück Plastikfolie übergeworfen, von dem
der Regen herabrann wie von einer Robbenhaut. Der
Fahrradfahrer schaute neugierig herüber und in den
Wagen, vielleicht enttäuscht oder verwundert, daß er
einen einzelnen Mann sah und nicht, wie es von fern
hatte scheinen mögen, ein Pärchen.

Hier waren absurde Dinge im Gange! Noch nie hatte
einer auf solche Weise im Auto gefangen gesessen,
gefangengehalten vom eigenen Wagen. Irgendeine
Möglichkeit freizukommen mußte es doch geben. Gewalt half nicht. Vielleicht eine Werkstatt? Nein. Wie
sollte er dies erklären? Oder die Polizei rufen. Und
dann? Neugierige würden zusammenlaufen, alles
würde gaffen, während der Beamte ihn gewiß am Arm
zerren und die Leute zum Mithelfen auffordern
würde, aber es wäre zwecklos, weil die Lehne ihn sanft
festhielt. Und es käme die Presse, samt Fotografen,
tags darauf erschiene sein Bild in allen Zeitungen, er
sähe sich, beschämt wie ein geschorenes Tier, bei Regen im offenen Wagen sitzen. Es mußte eine andere
Lösung geben. Er stellte den Motor ab und versuchte,
sich nach draußen zu werfen, wie bei einem Überra-
schungsangriff. Umsonst. Er verletzte sich am Kopf
und am linken Arm, und der Schmerz bereitete ihm
einen anhaltenden Schwindel, wobei ihn ein unauf-
haltsamer Drang zum Urinieren überkam. Er ließ der

warmen Flüssigkeit freien Lauf, die sich in einem end-losen Schwall zwischen seinen Beinen auf den Boden des Wagens ergoß. Als er dies alles spürte, begann er sanft zu weinen, ein jämmerliches Winseln, und so saß er da, bis ein Hund aus dem Regen auftauchte und ihn vor der offenen Wagentür kraftlos und mit leiser Stimme ankläffte.

Er schaltete langsam, schwer und wie in einem Alptraum und fuhr weiter die Schlucht entlang, möglichst an nichts denkend, damit ihm seine Lage nur ja nicht voll bewußt würde. Vage fühlte er, daß er Hilfe brauchte. Aber an wen konnte er sich wenden? Seine Frau wollte er nicht erschrecken, doch ihm blieb keine Wahl. Vielleicht würde sie die Lösung finden. Wenigstens würde er sich nicht so hoffnungslos allein fühlen.

Er fuhr in die Stadt zurück, achtete auf die Verkehrszeichen, ruckte nicht in seinem Sitz, wie um die Mächte, die ihn gefangenhielten, versöhnlich zu stimmen. Es war schon nach vierzehn Uhr und der Tag düster. Er sah drei Tankstellen, doch der Wagen reagierte nicht. Alle verkündeten «Ausverkauft». Unterwegs sah er mitten auf der Straße abgestellte Autos, das rote Warndreieck hinter der Heckscheibe, üblicherweise der Hinweis auf eine Panne, bedeutete jetzt durchweg «kein Benzin mehr». Zweimal sah er, wie Männer im strömenden Regen ein Auto auf den Gehsteig wuchteten.

Als er in seine Straße einbog, überlegte er, wie er seine Frau rufen konnte. Er hielt vor dem Hauseingang, verwirrt, einer zweiten Nervenkrise nahe. Er hoffte, sein stummer Hilferuf brächte es zuwege, daß die Frau wie durch ein Wunder herunterkäme. Viele Minuten wartete er, bis ein Junge aus der Nachbarschaft neugierig herantrat. Er lockte ihn mit einer Münze, bat ihn, in den dritten Stock hinaufzueilen und der dort wohnenden Senhora zu sagen, ihr Mann warte hier unten auf sie, im Wagen. Sie solle schleunigst kommen, es sei dringend. Der Junge verschwand und kam wieder. Die Senhora käme gleich, meldete er und rannte mit seiner Tagesausbeute davon. Die Frau erschien im Hauskleid, sie hatte nicht einmal einen Regenschirm mit. Da stand sie, unentschieden auf der Hausschwelle, unwillkürlich wanderte ihr Blick zu einer toten Ratte am Rande des Gehsteigs, der schlaff daliegenden Ratte mit dem borstigen Fell. Sie zögerte, mochte nicht durch den Regen gehen, war etwas ungehalten, daß ihr Mann sie ohne Grund herunterbestellte, anstatt gefälligst selber hinaufzukommen und sich zu erklären. Doch der Mann im Wagen winkte sie zu sich. Sie erschrak, eilte hin. Sie faßte nach dem Türgriff, wollte bloß schnell dem Regen entfliehen, doch als sie die Tür aufriß, hatte sie vor ihrem Gesicht die abwehrend gespreizte Hand ihres Mannes, die sie, ohne sie zu berühren, zurückstieß. Sie beharrte, wollte einsteigen, aber er schrie: Ja nicht, es sei gefährlich. Und er berichtete ihr, was passiert war, während sie vorgebeugt dastand und ihr der Regen auf den Rücken prasselte, ihr die Haare durcheinander gerieten und das Entsetzen ihr das ganze Gesicht verzerrte. Sie sah, wie ihr Mann sich qualvoll in dieser warmen trüben Kapsel wand, die ihn von der Welt schied, wie er vom Sitz loskommen und den Wagen verlassen wollte, es aber

nicht schaffte. Sie wagte es, ihn an einem Arm zu pak-
ken, sie zerrte, wollte es einfach nicht glauben, aber
auch sie bekam ihn nicht frei. Und da dies alles zu ent-
setzlich war, als daß man es hätte glauben mögen,
starrten sie einander wortlos an, bis ihr der Gedanke
kam, er sei übergeschnappt und spiele hier bloß den
Festgeklebten. Sie müßte jemanden rufen, der ihn ku-
rierte, ihn dorthin mitnahm, wo Verrücktheiten be-
handelt wurden. Behutsam redete sie auf ihn ein, wort-
reich, er solle ein klein bißchen warten, sie sei bald
zurück, sie wolle Hilfe holen und ihn befreien, dann
könnten sie sogar noch zusammen Mittag essen, und
er könnte im Büro anrufen und sagen, er sei erkältet.
Und er würde an diesem Nachmittag nicht zur Arbeit
gehen. Nur ruhig Blut, die Sache sei halb so schlimm
und bald behoben.

Doch als sie ins Haus verschwand, sah er sich im
Geiste wieder von Gaffern umringt, sah sein Bild in
den Zeitungen, war voller Scham, weil er schmählich
in die Hose gepinkelt hatte. Er wartete noch ein paar
Minuten. Und während die Frau oben herumtelefo-
nierte, die Polizei anrief, das Krankenhaus, mühsam
darum kämpfte, daß man ihr und nicht ihrer Stimme
glaubte, während sie ihren Namen angab und den des
Mannes und die Farbe des Wagens und die Autonum-
mer, konnte er das Warten und diese Vorstellungen
nicht mehr ertragen. Er startete. Als die Frau hinunter-
kam, war das Auto verschwunden, und die Ratte war
vom Rand des Gehsteigs geglitten, endlich, sie trieb
die abschüssige Straße fort, weggespült vom Schwall
aus den Traufen. Die Frau schrie, doch es dauerte eine

Weile, bis Leute kamen, und es war schwer, ihnen zu erklären.

Bis zum Einbruch der Dunkelheit fuhr der Mann in der Stadt umher, kam an geschlossenen Tankstellen vorbei, reihte sich ungewollt in Warteschlangen ein, und er hatte Angst, weil ihm das Geld ausging und er nicht wußte, was geschehen würde, wenn er ohne einen Heller mit seinem Auto an einer Zapfsäule anhielt und nach mehr Benzin verlangte. Letzteres blieb ihm nur deshalb erspart, weil die Tankstellen nacheinander schlossen und die Autos, sofern noch vorhanden, sich halt bis zum nächsten Morgen anstellten; weshalb er noch geöffnete Tankstellen besser mied, damit er da nicht in die Falle geriet. Auf einer sehr langen und sehr breiten Hauptstraße, die kaum befahren war, überholte ihn blitzschnell ein Streifenwagen, und ein Polizist bedeutete ihm anzuhalten. Erneut überkam ihn die Angst, und er ignorierte die Aufforderung einfach. Hinter ihm ertönte eine Polizeisirene, und dann sah er einen Polizisten auf einem Motorrad, der wer weiß woher aufgetaucht war und ihn schon fast eingeholt hatte. Doch das Auto, sein Auto, tat einen Schnaufer – ein trockenes Röcheln –, machte einen gewaltigen Ruck und schoß einer Autobahnauffahrt entgegen. Die Polizei blieb immer weiter zurück – als es finstere Nacht wurde, war nichts mehr von ihr zu sehen, und sein Wagen rollte auf einer anderen Straße.

Er bekam Hunger. Ein zweites Mal hatte er uriniert, so gedemütigt, daß er sich nicht einmal mehr schämte. Er delirierte etwas: gedemütigt, degemütigt. Er variierte, tauschte unablässig die Konsonanten und die Vokale aus, eine unbewußte, besessene Übung, die ihn gegen die Wirklichkeit abschirmte. Er hielt nicht an, weil er nicht wußte, welche Folgen das haben könnte. In der Morgendämmerung aber fuhr er zweimal an den Straßenrand und versuchte ganz vorsichtig auszusteigen; als hätten der Wagen und er sich vielleicht inzwischen versöhnt und es gälte, den guten Willen des jeweils anderen zu erproben. Zweimal redete er leise auf die ihn festhaltende Lehne ein, zweimal bat er darum, gnädigerweise freigelassen zu werden, zweimal, auf nächtlicher eisiger Feldflur bei unvermindertem Regen, brach er in Schreie aus, in Geheul, in Tränen, in blinde Verzweiflung. Die Wunden an Kopf und Hand bluteten wieder. Und er, schluchzend, erstickt, stöhnend wie ein gräßlich gepeinigtes Tier, fuhr weiter. Ließ sich vom Auto fahren.

Die ganze Nacht fuhr er umher und wußte nicht wohin. Er fuhr durch Ortschaften, deren Namen er nirgends sah, fuhr lange Geraden, bergauf, bergab, in Kurven hinein und wieder heraus. Im Morgengrauen befand er sich irgendwo auf einer Straße in schlimmstem Zustand, voller Schlaglöcher mit darin sich kräuselndem Regenwasser. Der Motor fauchte kräftig, riß die Räder aus dem Schlamm, die ganze Karosserie vibrierte unter beängstigendem Dröhnen. Schon war es heller Morgen, ohne Sonne, doch der Regen hörte plötzlich auf. Die Straße wurde zu einem schlichten Weg, der sich weiter vorn, so meinte man, jäh zwischen Steinen verlor. Wo war bloß die Welt? Vor seinen Augen ein Gebirge und ein beängstigend tief hängender Himmel. Er schrie auf, hämmerte mit den Fäusten gegen das Lenkrad. Just da sah er, daß die Benzinanzeige auf Null stand. Der Motor lief offenbar von selber weiter und zerrte den Wagen noch weitere zwanzig Meter fort. Und dann war da wieder eine Straße, aber der Tank leer.

Kalter Schweiß stand ihm auf der Stirn. Übelkeit packte ihn, schüttelte ihn vom Kopf bis in die Füße, und dreimal legte sich ihm ein Schleier über die Augen. Tastend stieß er die Tür auf, denn er glaubte zu ersticken, und bei dieser Bewegung, sei es weil er starb oder weil der Motor erstorben war, kippte er nach links und glitt aus dem Wagen. Glitt noch ein bißchen weiter fort, und da lag er auf den Steinen. Der Regen hatte wieder eingesetzt.

Rückfluß

.

*A*nfangs, denn alles braucht einen Anfang, wenn auch dieser Anfang zugleich jener Endpunkt ist, der sich von jenem nicht trennen läßt, und zu sagen «nicht läßt», heißt nicht zu sagen, «nicht will» oder «nicht darf», es ist pures Unvermögen, denn ließe sich diese Trennung vollziehen, würde bekanntlich das ganze Universum zusammenbrechen, zumal das Universum eine wackelige Konstruktion ist, nicht imstande, dauerhafte Lösungen zu ertragen – anfangs wurden die vier Straßen gebaut. Vier breite Straßen vierteilten das Land, eine jede von ihrer Himmelsrichtung ausgehend, gerade oder allein der Erdkrümmung zufolge leicht gebogen, und sich zu diesem Zweck mit größtmöglicher Präzision durch Berge bohrend, Ebenen durchschneidend und, auf Pfeiler gestützt, Flüsse überspannend und durch Täler führend, die manches Mal auch von Flüssen durchströmt werden. Fünf Kilometer von der Stelle entfernt, an der sie sich kreuzen sollten, sofern dies dem Willen der Erbauer entspräche, oder, besser gesagt, dem Befehl, den jene zur rechten Zeit von der königlichen Person erhalten hatten, verzweigten sich die Straßen zu einem Netz, anfänglich noch aus Hauptstraßen, dann aus Nebenstraßen, die sich, um weiterzuführen, wie dicke Arterien in Venen und Kapillaren verwandeln mußten. Zu einem

Netz, das eingebettet war in ein perfektes Quadrat, dessen Seiten folglich je zehn Kilometer lang waren. Dieses Quadrat, das anfangs ebenfalls, aus denselben Gründen und die allgemeine Betrachtung beibehaltend, die diesen Bericht eröffnet, nicht mehr war als vier Reihen auf den Boden gesetzter Marksteine, wurde später, als die Maschinen, mit deren Hilfe das Gelände entsprechend dem geplanten Verlauf der vier Straßen geräumt, abgetragen, aufgeschüttet, geebnet und gepflastert wurde, am Horizont auftauchten, wie gesagt, aus den vier Himmelsrichtungen kommend, dieses Quadrat wurde zu einer hohen Mauer, zu vier Mauerstücken, die man sogleich sah und über die man schon vorher von den Reißbrettern wußte, daß sie eine hundert Quadratkilometer große und ebene oder eingeebnete Fläche, denn gewisse Erdarbeiten waren unvermeidbar, begrenzen würden. Ein Grundstück, dessen Wahl der vorrangigen Forderung nach gleicher Entfernung dieses Ortes zu allen Landesgrenzen gerecht wurde, eine relative Gerechtigkeit, die glücklicherweise verstärkt wurde durch reiche Vorkommen von Kalkstein, was nicht einmal die größten Optimisten in ihren Plänen vorauszusehen gewagt hatten, als sie zu Rate gezogen worden waren: all das gereichte der königlichen Person zu noch größerem Ruhm, wie man es von der Stunde Null an hätte vorhersehen müssen, wäre man der Geschichte der Dynastie auf den Grund gegangen: alle ihr angehörenden Könige hatten immer recht, und alle anderen desto weniger, wie sie zu schreiben befahlen und also geschrieben stand. Ein solches Bauwerk wäre nicht möglich geworden ohne einen festen Willen und ohne das Geld, das den Willen weckt und die Hoffnung, ihn zu erfüllen, Grund genug, daß die Staatskasse die Rechnungen des gigantischen Unternehmens pro Kopf bezahlte, wofür natürlich seinerzeit die Steuerschraube angezogen wurde, was die gesamte Bevölkerung betraf, nicht gestaffelt nach dem Einkommen eines jeden Bürgers, sondern auf der Grundlage der Lebenserwartung und im umgekehrten Verhältnis dazu, so wie es als rechtens erklärt und von allen verstanden wurde: je fortgeschrittener das Alter, um so höher die Abgaben.

Unzählbar waren die denkwürdigen Taten bei einem Unternehmen dieser Größenordnung, zahllos waren die Schwierigkeiten, nicht wenige die vorgeschickten Opfer, die begraben wurden, nachdem sie aus Höhen abgestürzt waren, in der Luft vergeblich nach Hilfe rufend, oder die einem Sonnenstich erlegen oder plötzlich und unvermutet erfroren und aufrecht stehengeblieben waren, Lymphe, Urin und Blut aus kaltem Stein. Sie alle wurden vorgeschickt. Doch die Eigenschaft eines wahren Genies, die einstweilige Unsterblichkeit, wenn man von der dem König für längere Zeit vorbehaltenen, da ihm zustehenden, einmal absieht, wurde durch Glück und Verdienst dem diskreten Beamten zuteil, der in seinem Gutachten darauf hingewiesen hatte, daß die Tore, die in dem ursprünglichen Plan vorgesehen waren, um die Mauern zu schließen, überflüssig seien. Recht hatte er. Es wäre absurd gewesen, Tore anzufertigen und einzubauen, die ständig offen gestanden hätten, zu jeder Tages- und zu jeder Nachtzeit. Dem aufmerksamen Beamten sei Dank konnten erhebliche Gelder eingespart werden, genaugenommen die Kosten von zwanzig Toren, vier Haupttoren und sechzehn Nebentoren, gleichmäßig auf die vier Seiten des Quadrats verteilt und nach einem folgerichtigen Plan auf einer jeden angeordnet: das Haupttor in der Mitte und zwei an jedem seitlichen Mauerteil. Es gab also keine Türen, sondern Öffnungen, an denen Straßen endeten. Die Mauern brauchten die Tore nicht, um sich aufrecht zu halten: sie waren massiv, breit, vom Boden an bis zu einer Höhe von drei Metern, und wurden dann stufenförmig schmäler, bis zur neun Meter hohen Mauerkrone. Überflüssig zu sagen, daß die Seiteneingänge von Seitenstraßen bedient wurden, die in gebührender Entfernung von der Hauptstraße abzweigten. Ebenfalls überflüssig hinzuzufügen, daß dieses geometrisch so einfache Muster mittels geeigneter Verkehrswege an das allgemeine Straßennetz des Landes angebunden war. Wenn alle Wege irgendwo hinführen, so führten alle dorthin.

Das Bauwerk, vier Mauern, auf die vier Straßen zuliefen, war ein Friedhof. Und dieser Friedhof sollte zum einzigen im Land werden. So lautete der Beschluß der königlichen Person. Wenn sich bei einem Herrscher äußerste Größe mit äußerster Sensibilität verbindet, wird ein einziger Friedhof möglich. Groß sind alle Könige, per Definition und Bestimmung: sollte einer dies nicht wünschen, so wünschte er vergebens (selbst die Ausnahmen anderer Dynastien sind Ausnahmen unter ihresgleichen). Doch sensibel können sie sein oder auch nicht, und hier ist nicht die Rede von jener gewöhnlichen, plebejischen Sensibilität, die zum Ausdruck kommt durch eine Träne im Augenwinkel oder ein unbeherrschtes Zittern der Lippen, sondern von einer anderen Sensibilität, die in der Geschichte des Landes nur dieses eine Mal in diesem Ausmaß festgestellt wurde, wenn nicht gar, was noch nicht erforscht ist, in der Geschichte der Welt: die Sensibilität aus der Unfähigkeit, den Tod oder den schlichten Anblick seines Rüstzeugs oder Zubehörs und seiner Erscheinungsformen, sei es der Schmerz der Verwandten oder die handelsüblichen Merkmale der Trauer, zu ertragen. So war es um diesen König bestellt. Wie alle Könige und auch die Staatspräsidenten war er gezwungen zu reisen, die Herrschaftsgebiete zu besuchen, Kindern, die das Protokoll im voraus zu diesem Zweck ausgewählt hatte, den Kopf zu streicheln, Blumen in Empfang zu nehmen, die von der Geheimpolizei zuvor nach Gift und nach Bomben durchsucht worden waren, hin und wieder Bänder mit festen und unschädlichen Farben durchzuschneiden. All das und noch viel mehr tat der König guten Willens. Doch auf jeder Reise sah er tausendfaches Leid: Tod, überall Tod, Todeszeichen, die Spitze einer Zypresse, das schwarze Tuch einer Witwe und allzuoft, welch unerträglicher Schmerz, der unverhoffte Trauerzug, den das Protokoll unverzeihlicherweise übersehen hatte oder der zu spät oder zu früh auftauchte, ausgerechnet zu der Zeit, die es mehr als alle anderen einzuhalten galt, in der der König anwesend war oder vorbeikam. In sein Schloß zurückgekehrt, in Seelennöten, glaubte der König jedesmal, er selbst sei im Begriff zu sterben. Und weil er so sehr unter fremden Schmerzen und seiner eigenen Vorstellung litt, begab es sich, daß er, als er eines Tages auf dem obersten Dachgarten des Schlosses ruhte und in die Ferne blickte (denn an diesem Tag war die Luft so rein wie noch nie in der Geschichte, nicht nur dieser Dynastie, sondern auch dieser ganzen Zivilisation), daß er sah, wie vier unverwechselbare weiße Wände leuchteten, und ihm kam die einfache Idee, die sich als die von dem einzigen, zentralen und obligatorischen Friedhof herausstellte.

Für ein Volk, das sich in Tausenden von Jahren daran gewöhnt hatte, seine Toten in Sichtweite und im Grunde vor der eigenen Haustür zu begraben, war das eine schreckliche Revolution. Doch wer Revolutionen fürchtete, sollte fortan um so mehr das Chaos fürchten, als die Idee des Königs, in diesem forschen und ausholenden Fortschreiten, das Ideen zu eigen ist, zumal wenn es sich um königliche handelt, auf das hinauslief, was die Lästerer als Wahnwitz bezeichneten: Alle Friedhöfe des Landes sollten von Knochen und Überresten, welchen Verwesungsgrades auch immer, gesäubert und dies alles unverzüglich in neue Särge gepackt, überführt und auf dem neuen Friedhof beigesetzt werden. Diesem Befehl entging nicht einmal der königliche Staub der Vorfahren Seiner Majestät: ein neues Pantheon sollte errichtet werden, in einem Stil, der sich vielleicht an den alten ägyptischen Pyramiden orientierte, und in diese endlich letzte Ruhestätte sollten zu ihrer Zeit, sobald im Land wieder Ruhe herrschte, über die Nordseite, gesäumt von ehrerbietigen Einwohnern, die ehrwürdigen Gebeine aller gebracht werden, die jemals eine Krone auf dem Kopf getragen hatten seit jenem ersten, der zu sagen gewußt und die anderen davon mit Worten und Gewalt zu überzeugen vermocht hatte: «Ich will eine Krone für meinen Kopf, macht sie mir.» Einige behaupteten sogar, daß diese Entscheidung unter Gleichen auch entscheidend gewesen sei, um all jene zu besänftigen, die sich um ihren Anteil an Toten gebracht sahen. Natürlich dürfte auch die stillschweigende Befriedigung so mancher ins Gewicht gefallen sein, die im Gegenteil alle Regeln und Traditionen, welche aus den Toten wegen der Dienstwilligkeit, die sie einem abverlangen, Wesen zwischen einem Schon-nicht-mehr-Leben und einem Noch-nicht-wirklichen-Tod machen, für eine lästige Pflicht hielten. Auf einmal begannen alle zu glauben, die Idee des Königs sei die beste, die ein menschliches Hirn jemals hervorgebracht habe, kein einziges Volk könne sich rühmen, einen solchen König zu haben, und da das Schicksal es nun einmal gewollt habe, daß ein solcher Herrscher dort das Licht der Welt erblicken und regieren solle, obliege es dem Volk, ihm zu gehorchen, frohen Herzens, und auch zum Seelenheil der Toten, die sich darum nicht weniger verdient gemacht hätten. Die Geschichte der Völker kennt Augenblicke puren Jubels: dies war ein solcher Augenblick, und dieses Volk erlebte ihn.

Nachdem der monumentale Friedhof schließlich fertiggestellt war, begann das große Ausgrabungsprojekt. Am Anfang war es leicht: die vielen bestehenden Friedhöfe, große, mittlere und kleine, waren ebenfalls von Mauern eingefaßt, und innerhalb ihrer Einfriedung sozusagen reichte es, bis zu der zur Sicherheit auf drei Meter festgesetzten Tiefe zu graben und alles herauszuholen – Kubikmeter über Kubikmeter Knochen, verfaulte Bretter, verweste Körper, die durch das Rütteln der Bagger auseinanderfielen –, um dann den Schutt in Särge unterschiedlicher Größe zu laden, ob für einen Neugeborenen oder für den korpulentesten Erwachsenen, und in jeden einzelnen eine x-beliebige Menge Fleisch und Knochen zu füllen, auch einzelne Teile, zwei Schädel und vier Hände, selbst ein paar zersplitterte Rippen, eine noch steife Brust zusammen mit einem welken Bauch, sogar, schließlich, einen einfachen Knochensplitter oder den Zahn Buddhas oder das Schulterblatt eines Heiligen, oder die Menge Blut des Heiligen Januarius, die in der wundersamen Ampulle fehlte. Es wurde zum Prinzip erhoben, daß ein jeder Teil des Toten dem ganzen gleichkäme, und so reihten sich die Teilnehmer dieses unendlichen Leichenzugs aneinander, der sich aus allen Ecken des Landes, aus den Dörfern, Kleinstädten und Städten auf Wegen, die immer breiter wurden, dem allgemeinen Verkehrsnetz näherte, um von dort aus über die zu diesem Zwecke erbauten Verbindungsstrecken auf die Straßen zu gelangen, die alsbald unter dem Namen Totenstraßen bekannt waren.

Am Anfang, wie soeben erläutert, gab es keinerlei Schwierigkeiten. Doch später erinnerte jemand daran, falls sich der edle Monarch des Landes die Idee nicht selbst zum Verdienst anrechnete, daß vor der Einführung geordneter Friedhöfe die Toten überall beerdigt wurden, auf den Hügeln und in den Tälern, auf den Kirchhöfen, im Schatten der Bäume, unter den Fußböden der Häuser, in denen sie gelebt hatten, überall, wo es sich anbot, nur ein wenig tiefer als die Tiefe, in die beispielsweise die Schneide einer Pflugschar dringt. Und all das, ohne die Kriege zu erwähnen, die großen Massengräber mit Tausenden von Kadavern überall auf dieser Welt, in Asien und Europa und auf anderen Kontinenten, auch wenn sie vielleicht nicht so viel enthielten, denn natürlich hatte es auch im Reich des besagten Königs Kriege gegeben und folglich aufs Geratewohl vergrabene Körper. Es war, das sind wir der Wahrheit schuldig, ein großer Moment der Ratlosigkeit. Der Monarch persönlich, sollte die neue Idee von ihm stammen, versuchte nur deshalb nicht, sie im Keim zu ersticken, weil es ihm gar nicht gelungen wäre. Neue Bestimmungen wurden erlassen, und da das Land nicht von einem Ende zum anderen umgegraben werden konnte, wie es bei den Friedhöfen der Fall gewesen war, rief der König die Gelehrten zu sich, damit sie aus dem herrschaftlichen Munde den ausdrücklichen Befehl vernähmen: auf schnellstem Wege Geräte zu erfinden, die in der Lage seien, vorhandene Körper oder verscharrte Überreste ausfindig zu machen, so wie man Geräte erfunden hatte, um nach Wasser oder Erzen zu suchen. Es handele sich um ein schwerwiegendes Problem, erkannten die Gelehrten, die sich sogleich zu einem Seminar versammelten. Drei Tage gingen ins Land, derweil sie diskutierten, und hernach schloß sich ein jeder von ihnen in sein Labor ein. Wieder öffnete sich die Staatskasse, und eine neue

Abgabenverordnung wurde erlassen. Das Problem wurde schließlich gelöst, doch wie immer in diesen Fällen nicht mit einem Mal. Um ein Beispiel zu nennen, sei der Fall jenes Gelehrten erwähnt, der einen Apparat erfand, der optische und akustische Signale von sich gab, wenn er auf einen Körper stieß, jedoch den kapitalen Fehler hatte, die lebenden nicht von den toten Körpern unterscheiden zu können. Die Folge war, daß dieser Apparat, verständlicherweise von lebendigen Menschen in Betrieb genommen, sich wie verrückt gebärdete, Zischlaute von sich gab und leuchtende Zeiger in Bewegung setzte, schwankend zwischen all den lebendigen und toten Anforderungen, die ihn umgaben, und letztlich nicht tauglich, eine verbindliche Aussage zu machen. Das ganze Land lachte über das Mißgeschick des fachkundigen Forschers, ehrte ihn jedoch mit einer Laudatio und bedachte ihn mit einem Preis, als er Monate später die Lösung fand und den Apparat mit einer Art Speicher oder fixer Idee ausstattete: Wenn man genau hinhörte, konnte man im Inneren des Gehäuses eine Stimme hören, die ohne Unterlaß wiederholte: «Ich darf nur nach toten Körpern oder Überresten suchen, ich darf nur nach toten Körpern oder Überresten suchen, toten Körpern oder Überresten, oder Überresten...»

Gottlob gab es dabei noch einen zweiten Fehler, wie noch zu sehen sein wird. Kaum war das Gerät in Betrieb, wurde festgestellt, daß es diesmal nicht zwischen menschlichen und anderen, nicht menschlichen, Körpern zu unterscheiden vermochte, doch dieser neue Mangel, der Grund, weshalb es eben «gottlob» hieß, stellte sich als Vorteil heraus: als der König begriff, welcher Gefahr er entronnen war, überlief es ihn kalt: in der Tat, ein jeder Tod ist ein Tod, auch der nicht menschliche. Was wäre erreicht, wenn die toten Menschen aus den Augen wären, doch die Hunde, die Pferde und die Vögel weiterhin einfach so verendeten. Und alles andere, mit Ausnahme vielleicht der Insekten, die nur zur Hälfte organisch waren (wovon die Wissenschaft des Landes seinerzeit fest überzeugt war). Da wurde die große Untersuchung angeordnet, die zyklopische Arbeit, die Jahre dauerte. Nicht eine einzige Handbreit Erde blieb unerforscht, nicht einmal die Gefilde, die, soweit die Erinnerung reichte, stets unbewohnt gewesen waren: nicht die höchsten Berge blieben verschont; nicht die Tiefe der Flüsse, wo unter der Schlammschicht Tausende von Ertrunkenen entdeckt wurden; nicht verschont blieb das Geheimnis der Wurzeln, manchmal verwickelt in das, was übrig war von dem, der über sich hinaus gewollt oder dem Bedürfnis nach dem Lebenssaft des Baumes nachgegeben hatte. Auch die Straßen, die vielerorts gebaut und erneuert werden mußten, kamen nicht davon. Endlich sah sich das Königreich des Todes ledig. Der Tag, an dem der König offiziell aus seinem Munde und mit seiner eigenen Stimme verkündigte, das Land sei nun todfrei (sein eigener Begriff), wurde gefeiert und zum Nationalfeiertag gemacht. An solchen Tagen ist es üblich, daß immer eine über das normale Maß hinausgehende Anzahl von Menschen stirbt, durch Unfälle, Übergriffe usw., doch der Nationale Lebensdienst (so hieß er) verfügte über moderne und schnell wirkende Mittel: sobald der Tod festgestellt war, wurde der Leichnam unverzüglich und auf dem kürzesten Wege auf die große Totenstraße geleitet, die zwangsläufig und in jeder Hinsicht als Niemandsland galt. Befreit von den Toten, befand sich der König im Zustand des Glücks. Und was das Volk betraf, so würde es sich schon daran gewöhnen.

Die erste wiederherzustellende Gewohnheit war die der Ruhe, diese Ruhe der normalen Sterblichkeit, die es den Familien erlaubt, über eine Reihe von Jahren hinweg, viele an der Zahl, von Trauerfällen verschont zu leben, vorausgesetzt es handelt sich nicht um Familien, die man als groß bezeichnet. Man kann ohne zu übertreiben sagen, daß die Zeit der Überführung im wahrsten Sinne des Wortes eine Zeit nationaler Trauer war, einer Art Trauer, die von unterhalb der Erdoberfläche rührte. Zu lächeln in diesen leidvollen Jahren wäre für den, der es gewagt hätte, einem moralischen Zerfall gleichgekommen: es ist unpassend zu lächeln, wenn ein Verwandter, auch ein entfernter, selbst der Cousin eines Cousins, aus seinem eigenen in ein anderes Grab verlegt wird, ganz oder in Stücken, oder wenn er von der Schaufel eines Baggers herunterfällt und in einem neuen Sarg landet, einem jeden Sarg die richtige Portion, wie wenn Kuchen- oder Backsteinformen gefüllt werden. Nach dieser nicht enden wollenden Zeit, in der die Gesichtszüge der Menschen üblicherweise hehre, stille Trauer ausdrückten, kehrte das Lächeln zurück, das Lachen, das Gelächter gar, oder der Spott, der Hohn, und vorher die Ironie und der Humor, all das nahm wieder den Platz dessen ein, was als Lebenszeichen oder versteckter Kampf gegen den Tod gilt.

Doch die Ruhe war nicht nur die eines Geistes, der nach einem großen Konflikt wieder in den gewohnten Bahnen verlief, es war auch die des Körpers, aber es gibt keine Worte, um zu beschreiben, was der über so lange Zeit verlangte Einsatz von der lebenden Bevölkerung forderte. Betroffen war nicht nur das Bauwesen, die Konstruktion von Straßen, Tunneln, Brücken; nicht nur die wissenschaftliche Forschung, die bereits vorgestellt wurde, wenn auch nur oberflächlich und zu Teilen; betroffen war auch die industrielle Holzverarbeitung, angefangen beim Fällen der Bäume (Wälder über Wälder wurden abgeholzt) und dem Zuschneiden der Bretter, ihrer Trocknung im Schnellverfahren, bis hin zur Anfertigung von Urnen und Särgen, deren Serienproduktion große Anlagen erforderte; unumgänglich war auch, wie soeben verzeichnet, eine zeitweise Umstrukturierung im Bereich des Maschinenbaus, damit die bestellten Maschinen und andere Materialien bereitgestellt werden konnten, angefangen bei Nägeln und Scharnieren; betroffen waren die Textilbetriebe, die Posamenterien, wegen der mit Borten und Quasten verzierten Innenfutter; Abbaustellen für nutzbaren Marmor, Platten und Blöcke weideten auf einmal ebenfalls die Erde aus, um die Nachfrage nach all den Grabsteinen zu befriedigen, nach den vielen behauenen oder einfachen Kapitellen; außerdem florierten unzählige kleine, hauptsächlich handwerkliche Tätigkeiten, wie das Aufmalen von Buchstaben in Schwarz oder Gold, das Emaillieren von Fotografien, die Blech- und die Glasverarbeitung, die Herstellung künstlicher Blumen, das Ziehen von Kerzen und Altarkerzen, und so weiter, und so fort. Doch vielleicht war der am meisten in Mitleidenschaft gezogene Bereich, ohne den kein einziges der genannten Unternehmungen hätte Fuß fassen können, die Transportindustrie. Auch hier werden Worte kaum auszudrücken vermögen, was für eine Anstrengung dies alles vom ersten Augenblick an bedeutete, die Automobilindustrie (Lkws und andere schwere Kraftfahrzeuge) sah sich gleichfalls gezwungen, neue Wege zu gehen, Pläne und Produktionszweige anzupassen, Montageabläufe zu verändern, bis schließlich die Sarglieferungen auf dem neuen Friedhof eintrafen: man versuche sich einmal die komplexe Planung integrierter Fahrpläne vorzustellen, die Fahr- und Anschlußzeiten, das allmählich zunehmende Einfädeln unzähliger Fahrzeuge an den Zu- und Ausfahrten in immer dichtere Verkehrsströme, und all das in Einklang mit dem normalen Verkehr der Lebenden, sowohl an Wochen- als auch an Feiertagen, auf Spazier- oder Dienstfahrt, und man denke dabei auch an die gesamte Infrastruktur: Gaststätten und Motels an den Straßen, damit die Lkw-Fahrer essen und schlafen konnten, Parkplätze für die großen Lastwagen, einige Vergnügungslokale zur Entspannung von Seele und Leib, Telefonleitungen, Erste-Hilfe-Stationen und Abschleppdienste, Reparaturwerkstätten, um Schäden an Motor oder Lichtmaschine zu beheben, Tankstellen mit Diesel, Öl, Benzin, Reifen, Ersatzteilen, und so weiter. All das, wie man nur allzuleicht verstehen wird, kurbelte wiederum andere Produktionszweige an, eine Spirale gegenseitiger Anregung, die Reichtum schaffte bis zu dem Punkt, an dem, auf der Höhe der Produktionskurve, die Vollbeschäftigung erreicht war. Verständlicherweise folgte diesem Zeitraum eine Depression, die übrigens niemanden überraschte, denn die Wirtschaftsexperten hatten sie vorhergesagt. Der negative Effekt dieser Depression wurde, wie die Sozialpsychologen es prophezeit hatten, ausgiebig wettgemacht durch den nicht zu unterdrückenden Wunsch nach einer Ruhepause, der sich, nachdem der Sättigungsgrad erreicht war, bei der Bevölkerung bemerkbar machte. Man kehrte in der Tat zur Normalität zurück.

Im geometrischen Zentrum des Landes, den vier Hauptwindrichtungen ausgesetzt, liegt der Friedhof. Nicht einmal ein Viertel seiner Fläche von einhundert Quadratkilometern war von den umgesetzten Leichen belegt, und das führte dazu, daß eine Gruppe von Mathematikern, auf ihre Berechnungen pochend, demonstrieren wollte, daß der von den Neubestattungen beanspruchte Raum doch eigentlich viel größer hätte sein müssen, wenn man die wahrscheinliche Anzahl der Toten seit der ursprünglichen Besiedlung des Landes sowie den durchschnittlich benötigten Platz pro Körper zugrunde legte, selbst wenn man all diejenigen außer acht ließ, die, zu Staub und Erde geworden, als verloren gelten mußten. Das Rätsel, falls es wirklich eines war, beschäftigte noch Generationen, wie die Quadratur des Kreises oder das Erheben der dritten Potenz in die zweite, denn die gelehrten Erforscher der Disziplinen des Biologischen bewiesen vor dem König, daß im gesamten Land kein einziger Körper, der diesen Namen verdiente, liegengeblieben war. Nachdem er, zwischen Vertrauen und Zweifel schwankend, lange nachgedacht hatte, erließ der König eine Verordnung, die den Mißstand beseitigte. Die Erleichterung, die er verspürte, als er seine Reisen und Besuche wieder aufnahm, war für ihn ein entscheidendes Argument: da kein Sterben zu sehen war, nahm er es als ein Zeichen, daß jegliches Sterben zurückgegangen sei.

Die Belegung des Friedhofes erfolgte, obwohl der ursprüngliche Plan auf rationelleren Kriterien basierte, von der Peripherie zum Zentrum. Zunächst neben den Toren und an den Mauern entlang, dann eine Kurve formend, die sich der perfekten Radiallinie näherte und mit der Zeit kreisförmig wurde, eine Phase, die übrigens auch vorbeiging und mit deren künftiger Entwicklung sich dieser Bericht nicht zu beschäftigen hat. Dieser innere Rahmen, der sich entlang der Mauern wellte, durch diese isoliert, spiegelte sich schon zu der Zeit der Verlegungsarbeiten nahezu symmetrisch, in Form einer lebendigen Entsprechung, auf der Außenseite wider. Diese Entwicklung konnte keiner voraussehen, doch es mangelte nicht an denen, die behaupteten, nur ein Dummkopf wäre nicht darauf gekommen.

Das erste Zeichen, wie eine winzige Knospe, die sich bald als Pflanze, als Strauch, als Gebüsch, schließlich als dichter Wald herausstellt, war eine improvisierte Bude zum Verkauf von Erfrischungen und anderen Getränken neben einem der Seitentore an der Südmauer. Auch wenn sie sich in den Raststätten an den

Straßen gestärkt hatten, freuten sich die Transporteure über diese neue Möglichkeit. Dann kamen weitere Kleinläden identischer oder ähnlicher Handelszweige hinzu und bauten sich neben diesem und den anderen Toren auf, und auch ihre Betreiber mußten unbedingt dort ihre Behausungen aufschlagen, provisorisch und behelfsweise zunächst, bald aber aus festem Material, aus Backsteinen, Steinen, Ziegeln, die stabil waren und hielten. Nur nebenbei sei vermerkt, daß sich, seit diese ersten Buden auftauchten, a) auf subtile Art und Weise und b) ganz offensichtlich der soziale Tenor, wenn man es so sagen kann, der vier Seiten des Quadrats herauskristallisierte. Wie jedes andere Land, war auch dieses weder homogen besiedelt, noch waren seine Einwohner sozial gleichgestellt, wenn auch die königliche Gunst groß war. Es gab Reiche, und es gab Arme, und die Aufteilung zwischen ihnen folgte universellen Gründen: der Arme zieht den Reichen bis zu einer für den Reichen erfolgreichen Entfernung an, der Reiche seinerseits zieht den Armen an, was nicht bedeutet, daß der Erfolg (die konstante Basis des Prozesses) dem Armen zum Vorteil gereiche. Wenn sich der Friedhof anläßlich der allgemeinen Überführung nach den Regeln spaltete, denen die Lebenden unterworfen sind, so zeigte sich dies auch auf der Außenseite. Fast könnte man darauf verzichten zu erklären, warum und wieso. Da der Norden die Region mit dem größten Anteil an Reichen war, drückte die entsprechende Seite des Friedhofs in ihrer monumentalen Größe diese soziale Tatsache aus und stellte das Gegenteil etwa der südlichen Seite dar, die der ärmsten Region entsprach. Dasselbe galt im allgemeinen auch für die anderen Seiten. Auch hier stand alles in Beziehung zu seinesgleichen. Und wenn auch auf weniger eindeutige Weise, so folgte sogar die äußere Seite der inneren. Die Blumenverkäuferinnen zum Beispiel, die sich nach und nach auf den vier Seiten des Quadrats ansiedelten, boten keineswegs alle die gleiche Ware feil: es gab solche, die edle, unter großem Aufwand in Gärten und Treibhäusern gezüchtete Blumen verkauften, andere waren einfache Leute, die auf den umliegenden Feldern wilde Blumen pflückten. Und wer Blumen sagt, meint alles, was dort noch so angeboten wurde, wie es vorauszusehen war, sagten jetzt die Staatsdiener, die mit Anträgen und Reklamationen überhäuft wurden. Man darf nicht vergessen, daß der Friedhof über einen komplexen Verwaltungsapparat verfügte, einen eigenen Etat hatte, Tausende von Totengräbern. In der ersten Zeit lebten die Beamten der verschiedenen Gehaltsstufen im Inneren des Quadrats, im zentralen Teil, weit vom Anblick der Gräber entfernt. Doch allzubald kam es zu hierarchischen Problemen, zu Engpässen in der Versorgung, zu Überlastungen in Schulen, Krankenhäusern und Entbindungsstationen. Was tun? Eine Stadt innerhalb der Friedhofsmauern bauen? Das hätte bedeutet, wieder von vorne zu beginnen, ganz zu schweigen davon, daß mit der Zeit die Stadt und der Friedhof sich gegenseitig einnehmen würden, die Gräber den Straßen den Rang ablaufen oder an die Stelle der Häuser treten würden, so daß die Straßen um die letzten Ruhestätten herum geleitet werden müßten auf der Suche nach

Grundstücken für den Wohnungsbau. Das hätte schlicht und einfach bedeutet, wieder in das alte Chaos zurückzufallen, schlimmer noch, weil die Dinge sich jetzt im Rahmen eines Quadrats abspielten, dessen Seiten kaum zehn Kilometer lang waren und das nur durch wenige Ausgänge mit dem Umland verbunden war. Man mußte sich also zwischen einer Stadt der Lebenden, die umgeben war von einer Stadt der Toten, und – die einzige Alternative – einer Stadt der Toten, die umgeben war von vier Städten der Lebenden, entscheiden. Als die Wahl förmlich vollzogen und außerdem klar war, daß die Leidtragenden, die den Trauerzug bildeten, nicht immer sofort die oft lange und ermüdende Rückreise antreten konnten, sei es, weil es ihnen an Kräften mangelte, sei es, weil sie sich nicht so plötzlich von ihren toten Lieben losreißen konnten, wurden aus den vier Außenbezirken in kürzester Zeit Städte, was wiederum zu recht chaotischen Zuständen führte. In sämtlichen Straßen gab es Pensionen aller Klassen, Hotels mit einem, zwei, drei, vier und fünf Sternen sowie Luxushotels, eine beträchtliche Anzahl Freudenhäuser, Kirchen aller Konfessionen, der vom Gesetz erlaubten sowie einiger nicht zugelassener, Familienbetriebe und große Kaufhäuser, unzählige Wohnhäuser, Büros und Hochhäuser, Dienststellen und diverse städtische Einrichtungen. In der Folge entstanden der öffentliche Nahverkehr, die Polizeikontrollen, die Umleitungen, die Verkehrsprobleme. Und ein gewisser Grad an Kriminalität. Eine einzige Fiktion überlebte: die Toten aus den Augen der Lebenden zu halten, weswegen kein

Hochhaus höher als neun Meter sein durfte. Doch dafür gab es später eine Lösung, als ein findiger Architekt von neuem das Ei des Kolumbus entdeckte: Mauern, die höher als neun Meter waren, für Hochhäuser, die höher als neun Meter waren.

Im Laufe der Zeit war die Friedhofsmauer kaum wiederzuerkennen. Statt der glatten ursprünglichen Gleichmäßigkeit, die sich über vierzig Kilometer erstreckte, war da nun eine Linie mit unregelmäßigen Zacken, die sich auch in Steilheit und Höhe unterschieden, je nachdem, auf welcher Mauerseite sie sich befanden. Niemand kann sich mehr daran erinnern, wann es endlich für notwendig befunden wurde, die Friedhofstore einzuhängen. Der Beamte, der angeregt hatte, die entsprechenden Ausgaben einzusparen, war als Leiche auf die Innenseite hinübergewechselt und konnte seinen damals guten Vorschlag nicht mehr verteidigen, der jetzt nicht mehr haltbar war, wie er selbst sicherlich ohne Befangenheit eingestanden hätte. Geschichten über Seelen aus der jenseitigen Welt waren im Umlauf, über Gespenster und Erscheinungen – was konnte man also anderes tun, als die Tore einzuhängen?

Vier große Städte bauten sich so zwischen dem Königreich und dem Friedhof auf, eine jede ihrer Himmelsrichtung zugewandt, vier unerwartete Städte, die inzwischen die Namen Friedhof-Nord, Friedhof-Süd, Friedhof-Ost, Friedhof-West trugen, später aber etwas gefälliger in Eins, Zwei, Drei und Vier umbenannt wurden, denn sämtliche Versuche, ihnen klangvollere oder feierlichere Namen zu geben, waren fehlgeschlagen. Diese vier Städte waren vier Hindernisse, vier lebendige Schutzwälle, mit denen der Friedhof sich umgab und mit denen er sich verteidigte. Der Friedhof stellte einhundert Quadratkilometer beinahe vollkommener Stille und Einsamkeit dar, umringt von dem äußeren Ameisennest der Lebenden, von Schreien, Hupen, Lachen, Satzfetzen, aufheulenden Motoren, von dem unaufhörlichen Wispern der Zellen. An den Friedhof heranzukommen war bereits ein Abenteuer. Im jeweiligen Stadtkern war nach all den Jahren die alte geradlinige Straßenführung kaum noch erkennbar. Aber es war leicht festzustellen, wo die Straßen einst verlaufen waren: man mußte sich nur vom Haupttor jeder Friedhofseite aus eine Gerade vorstellen. Doch wenn man von einigen größeren Stellen, an denen das ursprüngliche Pflaster noch erkennbar war, einmal absah, so verlor sich alles andere im Durcheinander der Häuser und der zunächst improvisierten und später die ursprünglichen Trassen überlagernden Straßen. Nur auf offenem Felde war die Straße noch die Totenstraße.

Und das mit der Zeit Unvermeidbare geschah, wobei letztlich nur noch offenblieb, wer angefangen hatte und wo. Im Rahmen einer abschließenden Untersuchung, die später durchgeführt wurde, stieß man auf einige Fälle in der Umgebung der Stadt Zwei, der ärmsten von allen, die, wie bereits erwähnt, nach Süden gewandt war: in kleinen Höfen hinter den Häusern vergrabene Leichen, unter echten Blumen, die sich jedes Frühjahr erneuerten. Wie bei den großen Erfindungen, die fast gleichzeitig erfolgen, weil die

Zeit dafür reif ist, beschlossen ungefähr zur selben Zeit gewisse Leute in den dünn besiedelten Gegenden des Königreiches aus einer Reihe unterschiedlicher und manchmal entgegengesetzter Gründe, ihre Toten dortselbst in der Nähe, im Inneren von Grotten, am Rande von Waldpfaden oder an geschützten Berghängen zu beerdigen. Die staatliche Aufsicht war damals nicht besonders aktiv, und es wimmelte nur so von Beamten, die sich bestechen ließen. Nach den Informationen des Zentralen Statistikamtes deuteten die Zahlen des offiziellen Registers eindeutig darauf hin, daß die Sterberate gesunken war, was verständlicherweise der Gesundheitspolitik der Regierung unter der obersten Autorität des Königs zugeschrieben wurde. Die vier Friedhofsstädte bekamen die Auswirkungen des verringerten Zustroms an Toten zu spüren. Einige Geschäfte machten Verluste, nicht wenige meldeten Konkurs an, oftmals in betrügerischer Absicht, und als man endlich erkannte, daß die königliche Gesundheitspolitik, auch wenn sie noch so gut war, nicht in der Lage war, Unsterblichkeit zu gewähren, wurde eine äußerst strenge Verordnung erlassen, um die Bevölkerung wieder zum Gehorsam zurückzuführen. Es half nicht viel: nach einer vorübergehenden Erholungsphase stagnierten die Städte und verfielen. Langsam, sehr langsam, bevölkerte sich das Reich wieder mit Toten. Der große Zentralfriedhof erhielt schließlich nur noch Leichen aus den vier Nachbarstädten, die langsam verlassen und still wurden, doch das bekam der König schon nicht mehr mit.

Er war sehr alt, der König. Eines Tages, als er auf der

obersten Dachterrasse des Schlosses stand, sah er, obgleich seine Augen doch schon sehr müde waren, die Spitze einer Zypresse aus vier weißen Mauern herausragen, welche womöglich einen Hof umgaben, vielleicht ein Zeichen, der Baum, aber nicht unbedingt ein Todeszeichen. Doch es gibt Dinge, die lassen sich ohne große Schwierigkeiten erraten, vor allem, wenn man sehr alt wird. Der König verband in seinem Kopf die Nachrichten und die Gerüchte, was man ihm sagte und was man ihm verschwieg, und er sah ein, daß die Stunde des Verstehens gekommen war. Mit einem Leibwächter auf den Fersen, wie das Protokoll es vorschrieb, ging er hinunter in den Schloßpark. Seinen königlichen Mantel hinter sich herschleppend, schritt er mühsam eine Allee entlang, die in das verborgene Herz des Waldes führte. Dort, auf einer Lichtung, legte er sich nieder, auf die trockenen Blätter legte er sich, und während er dalag, richtete er die Augen auf den neben ihm knienden Leibwächter und sagte, bevor er starb: «Hier.»

Dinge

Die hohe schwere Eingangstür streifte beim Schließen den rechten Handrücken des Beamten und fügte ihm einen tiefen roten Kratzer zu, der allerdings kaum blutete. Die Haut war abgeschürft, aber nicht durchgehend, sondern nur an einigen nun schmerzenden Stellen, weil der Druck der harten und kantigen Angriffsfläche nicht gleichmäßig gewesen war und beim gewaltsamen Kontakt keinen fortlaufenden Riß bewirkt hatte, keine klaffende offene Wunde, die heftig bluten würde. Bevor der Beamte den kleinen Raum betrat, wo er in zehn Minuten seinen fünfstündigen Dienst beginnen sollte, begab er sich zur Ersten Hilfe vom Medizinischen Dienst (MD): Bei seiner Tätigkeit, im Publikumsverkehr, konnte er sich den Leuten nicht mit einer so gräßlichen Wunde zeigen. Der Sanitäter, beim Desinfizieren der Wunde vom Hergang des Unglücks unterrichtet, bemerkte, das sei an diesem Tag schon der dritte Fall. Und immer dieselbe Tür.

«Man wird sie wohl auswechseln», fügte er hinzu.

Mit einem Pinsel bestrich er die Wunde mit einer durchsichtigen Flüssigkeit, die schnell trocknete und die Farbe der Haut annahm. Und nicht nur die Farbe, sondern auch deren ungefähre Struktur, so daß von dem Geschehenen nichts mehr zu erahnen war. Nur bei sehr genauem Hinschauen sah man die Schicht. Oberflächlich betrachtet war von der Verletzung nichts zu erkennen.

«Morgen können Sie den Film abziehen. Zwölf Stunden, das langt.»

Der Sanitäter zeigte sich besorgt. Er fragte:

«Wissen Sie, was mit dem Sofa ist? Mit dem großen im Warteraum.»

«Nein, ich bin eben erst gekommen, zum Nachmittagsdienst.»

«Es mußte hergebracht werden. Es steht im Zimmer nebenan.»

«Warum das?»

«Den genauen Grund wissen wir nicht. Der Arzt hat es sich gleich angeschaut, aber bisher keine Diagnose gestellt. War auch nicht nötig. Ein nützlicher Bürger kam und beschwerte sich, das Sofa gäbe zu viel Wärme ab. Und er hatte recht. Ich konnte mich selbst davon überzeugen.»

«Vielleicht ein Fabrikationsfehler.»

«Wahrscheinlich. Die Temperatur ist zu hoch. Eigentlich, und das meinte auch der Arzt, müßte man das Fieber nennen.»

«Nun, so einmalig ist es nicht. Vor zwei Jahren habe ich von einem ähnlichen Fall gehört. Einer meiner Freunde mußte einen fast neuen Mantel ans Werk zurückschicken. Es war nicht möglich, ihn am Körper zu ertragen.»

«Und dann?»

«Nichts. Die Fabrik hat Ersatz geschickt. Und damit war alles in Ordnung.»

Er schaute auf die Uhr. Noch zehn Minuten bis Dienstbeginn. War das möglich? Er hätte schwören können, in dem Augenblick, als er sich den Kratzer zugezogen hatte, waren es ebenfalls zehn Minuten bis Dienstbeginn gewesen. Oder hatte er entgegen seiner Gewohnheit beim Betreten des Gebäudes doch nicht auf die Uhr geschaut?

«Kann ich das Sofa sehen?»

Der Sanitäter stieß eine Milchglastür auf.

«Da steht es.»

Es war ein langes Möbel, ein Viersitzer, schon etwas abgenutzt, aber eigentlich in gutem Zustand.

«Möchten Sie probieren?» fragte der Sanitäter.

Der Beamte setzte sich.

«Nun?»

«Sehr unangenehm, in der Tat. Lohnt denn da eine Behandlung?»

«Ich gebe ihm stündlich eine Spritze, kann aber bisher noch keine Veränderung feststellen. Gerade ist es Zeit für eine weitere Injektion.»

Er bereitete die Spritze vor, füllte sie mit dem Inhalt einer großen Ampulle, dann stach er die Kanüle mit einem Ruck in die Sofafüllung.

«Und wenn keine Besserung eintritt?» fragte der Beamte.

«Das muß der Arzt entscheiden. Dies ist eine Sonderbehandlung. Falls sie nicht anschlägt und dies hier ein vergeblicher Fall ist, geht das Sofa ans Werk zurück.»

«Nun gut, ich begebe mich an meine Arbeit. Besten Dank.»

Auf dem Gang draußen schaute er wieder auf die Uhr. Immer noch zehn Minuten bis Dienstbeginn. War die Uhr stehengeblieben? Er hielt sie ans Ohr; ganz deutlich war das Ticken zu hören, wenn auch ein bißchen gedämpft. Die Zeiger allerdings rührten sich nicht von der Stelle. Ihm wurde klar, daß er um einiges zu spät sein würde. Das haßte er. Allerdings hatten die Leute kein Nachsehen, da der Kollege, den er ablöste, den Schalter erst bei seinem Eintreffen verlassen durfte. Ehe er die Tür aufstieß, ein weiterer Blick auf die Uhr: Die Zeiger hatten sich immer noch nicht bewegt. Als der Kollege ihn eintreten hörte, stand er auf, wandte sich mit wenigen Worten an die draußen anstehenden Leute, dann schloß er den Schalter. Das gehörte zu den Vorschriften. Der Dienstwechsel hatte rasch zu erfolgen, jedoch stets bei geschlossenem Schalter.

«Sie sind zu spät.»

«Ja, ich weiß. Entschuldigen Sie.»

«Fünfzehn Minuten über die Zeit. Das werde ich melden müssen.»

«Natürlich. Meine Uhr ist stehengeblieben. Das ist der Grund. Merkwürdig ist allerdings, daß das Werk läuft.»

«Es läuft?»

«Sie glauben es nicht? Da, hören Sie.»

Beide lauschten.

«Wirklich, merkwürdig.»

«Sehen Sie die Zeiger. Die bewegen sich nicht. Aber das Ticken ist zu hören.»

«Ja, man hört es. Ich werde die Verspätung nicht

melden, aber Sie sollten vielleicht melden, was mit Ihrer Uhr los ist.»

«Selbstverständlich.»

«Es hat in den letzten Wochen reichlich viele merkwürdige Zwischenfälle gegeben.»

«Die Regierung hat doch alles im Griff, sie wird bestimmt Vorkehrungen treffen.»

Jemand klopfte an die Milchglasscheibe des Schalters. Die beiden Beamten schrieben sich ins Schichtwechselbuch ein.

«Vorsicht mit der Eingangstür», warnte der Zurückbleibende.

«Sie haben sich verletzt? Da sind Sie heute schon der dritte.»

«Und vom fieberkranken Sofa haben Sie auch gehört?»

«Alle Welt weiß davon.»

«Merkwürdig, nicht wahr?»

«Merkwürdig, aber keine Seltenheit. Bis Montag.»

«Schönes Wochenende.»

Er öffnete den Schalter. Es warteten nur drei Personen. Er entschuldigte sich vorschriftsgemäß und nahm vom ersten, einem stattlichen, gutgekleideten Herrn mittleren Alters, die Identitätskarte entgegen. Er führte sie in den Prüfer ein, las die aufleuchtenden Zeichen, dann gab er die Karte zurück:

«Sehr gut. Was wünschen Sie? Bitte fassen Sie sich kurz.»

Auch diese Sätze waren in den Vorschriften. Der Kunde antwortete ohne Zögern:

«Ich fasse mich kurz. Ich möchte ein Piano.»

«Nach diesem Objekt wird zur Zeit nicht oft verlangt. Sagen Sie mir, wie dringend es ist.»

«Gibt es irgendwelche Schwierigkeiten?»

«Nur was das Rohmaterial betrifft. Wann brauchen Sie es?»

«In zwei Wochen.»

«Da wäre es fast leichter, Ihnen jetzt auf der Stelle den Mond zu beschaffen. Ein Piano verlangt ausgewählte Materialien, von hoher Qualität, von großer Erlesenheit, wenn Sie so wollen.»

«Dieses Piano soll ein Geburtstagsgeschenk sein. Verstehen Sie?»

«Mag sein. Aber Sie hätten die Bestellung eher aufgeben können.»

«Das war mir nicht möglich. Ich darf Sie daran erinnern, daß ich ein nützlicher Bürger sehr hohen Ranges bin.»

Im selben Augenblick öffnete der Mann seine rechte Hand und zeigte ein grünes in die Haut des Handtellers tätowiertes C vor.

Der Beamte sah den Buchstaben, schaute auf den Bildschirm, wo noch die Prüfzeichen zu sehen waren, und nickte zustimmend.

«Alles klar. Heute in zwei Wochen haben Sie Ihr Piano.»

«Besten Dank. Wünschen Sie gleich den vollen Betrag, oder reicht ein Anerkennungsbetrag?»

«Anerkennungsbetrag genügt.»

Der Mann zog sein Portemonnaie aus der Tasche und blätterte die erforderlichen Scheine auf den Schalter. Sie waren rechteckig, aus feinem elastischem

Material und hatten alle dieselbe Farbe, wenn auch in unterschiedlichen Schattierungen; außerdem unterschieden sich die Symbole für die unterschiedlichen Werte. Der Beamte zählte die Scheine. Als er sie in die Kasse legen wollte, rollte sich ihm einer unvermittelt straff um den Finger. Der Bittsteller bemerkte:

«Ist mir heute auch schon passiert. Die Bank sollte besser auf die Qualität ihrer Scheine achten.»

«Haben Sie Meldung gemacht?»

«Freilich, ganz wie es meine Pflicht ist.»

«Sehr gut. Die Kontrolldienste können die beiden Meldungen, Ihre und meine, dann vergleichen. Hier Ihre Unterlagen. An dem vermerkten Tag wenden Sie sich an den Auslieferdienst. Aber da Ihr Vorgang auf C läuft, wird Ihnen das Piano wohl frei Haus geliefert.»

«So ist es mit meinen Bestellungen bisher immer gewesen. Einen guten Tag.»

«Guten Tag.»

Fünf Stunden später passierte der Beamte erneut den Haupteingang. Er griff mit der rechten Hand nach der Klinke, schätzte möglichst genau die Entfernung ab, zog blitzschnell die Tür auf und gelangte unversehrt ins Freie. Die Tür wurde vom Dämpfer gebremst und schloß sich ganz langsam mit einem matten, seufzerähnlichen Geräusch. Es war fast finster. Der Dienst in der zweiten Schicht hatte einige Annehmlichkeiten: hochrangige Bittsteller, qualitätvolle Warenlieferungen, außerdem die Möglichkeit, morgens länger im Bett zu bleiben, auch wenn es an kurzen Wintertagen ein bißchen deprimierte, aus dem hellerleuchteten Leben drinnen hinaus in die Düsternis zu treten, zeitig zwar und doch zu spät. Jetzt aber, obwohl der Himmel ungewöhnlich verhangen war, herrschte, da der Sommer ausklang, eine angenehme Temperatur, genau richtig für einen kleinen Bummel.

Er wohnte nicht weit weg. Zu nahe, als daß er noch hätte erleben können, wie die Stadt ihr nächtliches Gewand anlegte. Die wenigen hundert Meter bewältigte er, ob bei Regen oder bei Sonne, zu Fuß, denn den Taxis waren so kurze Fahrten verboten, und in seiner Straße hielt kein Bus. Er steckte die Hände in die Jakkentaschen und spürte da den Brief, den er auf dem Weg zu seiner Arbeitsstelle, dem Amt für Sonderbeschaffungen (AfS), vergessen hatte, in den Briefkasten zu werfen. Die Hand hielt das Kuvert ganz fest, damit er es nicht wieder vergäße, und er ging die Stufen der Unterführung hinunter, um auf die andere Straßenseite zu gelangen. Hinter ihm liefen zwei Frauen, die sich unterhielten:

«Du kannst dir nicht vorstellen, wie fassungslos mein Mann heute früh war. Ich ja auch, aber er hat die Bescherung zuerst gesehen.»

«Ist ja auch wirklich verrückt.»

«Wir waren ganz baff und schauten uns mit offenem Mund an.»

«Aber hat denn keiner von euch in der Nacht etwas gehört?»

«Nichts. Weder er noch ich.»

Die Stimmen entfernten sich. Die Frauen waren in einen Seitentunnel abgebogen. «Wovon die wohl reden?» murmelte der Beamte. Er mußte an das eigene Tagwerk denken, an die rechte Hand, die in der Tasche den Brief festhielt, an seinen von der Tür verursachten tiefen Kratzer, an das Fiebersofa, an die tikkende Uhr, deren Zeiger zehn Minuten vor Arbeitsbeginn stehengeblieben waren. Auch der Geldschein, der sich ihm um den Finger gerollt hatte, fiel ihm wieder ein. Seit jeher gab es Fälle dieser Art, und sie waren eigentlich nicht sonderlich beunruhigend, eher lästig, allerdings traten sie zu gewissen Zeiten ärgerlich häufig auf. So sehr sich die Regierung auch bemühte, sie bekam das nie ganz unter Kontrolle, und ehrlich gesagt, das wünschte auch niemand. Schon vor langem hatten die Herstellungsprozesse ein so hohes Maß an Vollkommenheit erreicht, daß Produktionsfehler äußerst selten unterliefen, so selten, daß die Regierung (R) erkannte: Es wäre nicht ratsam, die nützlichen Bürger (zumindest die des Ranges A, B oder C) der Chance guten gesellschaftlichen Einsatzes und der Freude am Reklamieren gänzlich zu berauben. Dies war schon im Sinne der höheren Sicherheit in der Produktion angeraten. Deshalb erhielten die Fabriken Befehl, die Qualitätsstandards zu senken. Doch war nicht diese Order der Grund für den seit zwei Monaten offenkundig massenhaft gefertigten Murks. Er als Bediensteter im Amt für Sonderbeschaffung (AfS) wußte, daß die Regierung vor Monatsfrist ihre Anordnung zurückgenommen und durch Forderungen nach höchster Qualität ersetzt hatte. Aber es hatte nichts gefruchtet. Von den Fällen, an die er sich erinnern konnte, war das mit der Eingangstür eindeutig am beunruhigendsten. Schließlich handelte es sich hier nicht um ein x-beliebiges Ding, nicht um einen schlichten Gebrauchsgegenstand, um ein Möbel wie etwa das Sofa der Eingangshalle, sondern um ein Objekt von großer Bedeutung. Das Sofa war zwar auch nicht unwichtig, aber es gehörte zur Inneneinrichtung, während die Tür ein Teil des Gebäudes war, vielleicht sogar das wichtigste. Immerhin ist es die Tür, die einen umgrenzten Raum in einen geschlossenen Raum verwandelt. Die Regierung (R) hatte eigens eine Fachkommission ernannt, die solche Meldungen zu prüfen und Abhilfen vorzuschlagen hatte. Jene Fachleute waren mit den besten Computern ausgerüstet, und unter ihnen waren außer EDV-Spezialisten die Koryphäen auf den Gebieten Soziologie, Psychologie und Anatomie, sie alle für diese Fälle unverzichtbar. Der Beschluß verpflichtete die Kommission, binnen einem halben Monat ihren Bericht samt Vorschlägen vorzulegen. In zehn Tagen lief diese Frist ab, und die Situation verschlimmerte sich zusehends.

Es fiel ein kaum spürbarer Nieselregen, gleichsam eine Wolke aus Wasserstaub. Von fern sah der Beamte den Briefkasten, in den er sein Schreiben werfen wollte. Ich darf's nicht wieder vergessen, dachte er. Ein riesiger Laster mit Plane kam an ihm vorbei. Auf der Seitenwand stand in großen Lettern die Aufschrift *Teppiche und Brücken*. Da fuhr einer seiner unverwirklichten Träume: Die Wohnung mit Teppich auslegen! Eines Tages, falls alles gut ging, würde er sich das ermöglichen. Der Laster war vorbeigefahren. Und der Briefkasten stand nicht mehr an seinem Platz. Der Beamte meinte, vom Weg abgekommen zu sein, beim Gedanken an den Teppich und beim Lesen der Be-

schriftung versehentlich die Richtung geändert zu haben. Er schaute sich um, verdutzt, jedoch auch überrascht, daß er keinen Schrecken spürte, sondern nur
eine vage Unruhe, vielleicht Nervosität, wie jemand,
der kurz vor der Lösung eines Problems steht, aber
nicht darauf kommt. Da war kein Briefkasten, nicht
einmal eine Spur davon. Er trat an die Stelle heran;
hier müßte er sein, hier hatte er ihn viele Jahre stehen
sehen, jenen blau gestrichenen zylindrischen Körper
mit dem rechteckigen Schlitz, dem stets geöffneten
stummen Maul, dem einzigen Zugang zu seinem
Magen. Die Stelle, wo der Briefkasten gestanden hatte,
war etwas aufgerissen und noch trocken. Ein Polizist
kam herbeigerannt:

«Haben Sie ihn verschwinden sehen?» fragte er.

«Nein. Aber fast. Wäre bloß nicht dieser Laster vorbeigefahren, der mir die Sicht versperrt hat!»

Der Polizist machte sich in einem Heft Notizen.
Dann klappte er es zu, stieß mit dem Fuß einen Erd-
klumpen in die Kuhle zurück und bemerkte mit lauter
Stimme und im Tone dessen, der wenig überlegt:

«Hätten Sie geschaut, wäre er vielleicht nicht verschwunden.»

Und dann ging er weg, mit der Hand nach seiner
Pistolentasche tastend.

Der Beamte des Amtes für Sonderbeschaffung (AfS)
durchquerte das ganze Viertel, bis zu einer Stelle, wo
seines Wissens ein weiterer Briefkasten stand. Und dieser war auch noch an seinem Fleck. Flugs steckte er den
Brief ein, hörte ihn drinnen ins Netz fallen und nahm
denselben Weg zurück. Falls der auch verschwindet,

wo mag dann mein Brief enden, fragte er sich. Doch nicht der Brief an sich beschäftigte ihn (es handelte sich um eine Routinesache), vielmehr sozusagen das metaphysische Problem. Im Tabakladen kaufte er die Abendzeitung, faltete sie zusammen, steckte sie in die Tasche. Nun regnete es etwas heftiger. Wo der Briefkasten gewesen war, hatte sich eine kleine Pfütze gebildet. Es kam, unter einem Regenschirm, eine Frau mit einem Brief. Erst im letzten Augenblick stutzte sie:

«Wo ist der Briefkasten?»

«Weg», sagte der Beamte.

Die Frau wütend:

«Das können die nicht tun! Den Briefkasten unangekündigt entfernen. Wir Anwohner müssen Unterschriften sammeln und Beschwerde einlegen.»

Sie wandte sich ab und zeterte, sie werde sich gleich morgen beschweren.

Das Gebäude, in dem der Beamte wohnte, war ganz in der Nähe. Er öffnete mit äußerster Vorsicht die Haustür und schalt sich dabei selbst: «Hab ich jetzt etwa schon Angst vor Türen?» Er knipste das Treppenlicht an und ging zum Fahrstuhl. Am Gitter hing ein Schild: «Außer Betrieb». Er war verärgert und wütend. Nicht so sehr, weil er nun die Treppe nehmen müßte (er wohnte in einem der unteren Stockwerke, im zweiten), sondern weil in der dritten Halbtreppe seit einer Woche drei Stufen fehlten, was ihm besondere Aufmerksamkeit und auch eine gewisse Anstrengung abforderte. Das Amt für Alltagsversorgung (AfA) funktionierte schlecht. Normalerweise hätte er angenommen, die Direktion sei inkompetent. Oder das Amt sei durch Aufträge überlastet. Oder es fehlte an Arbeitskräften. Oder an Material. Jetzt aber mochte es einen anderen Grund geben, über den er lieber nicht ins Grübeln geriet. Er stieg langsam die Treppe hinauf und konzentrierte sich auf die bevorstehende kleine Akrobatenübung: Diesmal mußte er unter Aufwendung von Armkraft und mit einem großen Spagatschritt das den fehlenden drei Stufen entsprechende Loch von unten nach oben überqueren, was um einiges schwieriger war. Da aber sah er, daß nicht drei, sondern vier Stufen fehlten. Wieder schalt er sich, jetzt wegen seines schlechten Gedächtnisses, und nach einigen Versuchen gelangte er auf die obere Stufe.

Er war nicht verheiratet und lebte allein. Er kochte sich selbst zu essen, die Wäsche ließ er auswärts waschen, und seine Arbeit machte ihm Spaß. Im Grunde hielt er sich für einen zufriedenen Menschen. Dazu gab es ja auch allen Grund: das Land vorzüglich verwaltet, die Ämter gut verteilt, die Regierung kompetent und mit großer Erfahrung im Bereich der Industrie. Und was die jüngst aufgetretenen Probleme betraf, auch sie würden gelöst werden. Da es zum Abendessen noch zu früh war, nahm er sich die Zeitung vor, was er übrigens immer tat, mit der stets gleichen unbewußten und unnützen Rechtfertigung, vielmehr ohne sich die Nutzlosigkeit der Lektüre je recht bewußt zu machen. Auf der Titelseite war eine Amtliche Verlautbarung der Regierung (AVR) abgedruckt, betreffend die in jüngster Zeit an unterschiedlichen Objckten, Utensilieu, Maschinen und Installationen festgestellten Mängel. Es wurde deren baldige Behebung versichert, die Lage sei in keiner Weise beunruhigend. Nochmals wurde auf die neue Kommission verwiesen, der nun auch ein Spezialist für Parapsychologie angehöre. Auf Verschwundenes wurde mit keinem Wort eingegangen.

Er faltete die Zeitung sorgfältig zusammen und legte sie vor sich auf einen niedrigen Tisch. Ein Blick zur Wanduhr erinnerte ihn daran, daß er in wenigen Minuten den Fernseher anschalten mußte. Sein geregeltes Alltagsleben war durch die Ereignisse beeinträchtigt, besonders das Verschwinden des Briefkastens hatte ihn einige Zeit gekostet. Normalerweise hatte er Muße, das Blatt ganz zu lesen, ein schlichtes Abendessen zuzubereiten, es sich vor dem Fernseher gemütlich zu machen und essenderweise die Nachrichten zu sehen; dann trug er Teller, Glas und Besteck in die Küche, kehrte zurück in den bequemen Sessel, und da saß er dann, ab und zu einnickend, bis Sendeschluß. Wie würde es wohl an diesem Abend laufen, fragte er sich und wollte gar nicht unbedingt eine Antwort. Er streckte den Arm vor und schaltete den Fernseher an. Er hörte ein Pfeifen, der Bildschirm leuchtete auf, dann erschien das Testbild, ein kompliziertes Gebilde aus vertikalen und horizontalen Linien, aus Kreisen und hellen und dunklen Flächen. Er wandte geistesabwesend den Blick ab, wie hypnotisiert von der Starrheit des Bildes. Er zündete sich eine Zigarette an (im Dienst rauchte er nie; das war verboten) und setzte sich wieder. Ihm fiel die Armbanduhr ein, er schaute und horchte – sie stand noch immer, aber jetzt hatte auch das Ticken aufgehört. Behutsam löste er das schwarze Armband, legte die Uhr neben die Zeitung auf den Tisch und seufzte tief. Dann hörte er einen heftigen Knall. Jäh drehte er den Kopf um. Irgendein Möbelstück, dachte er. Und genau in dem Moment – für weniger als eine Sekunde – verschwand das Testbild, und an seiner Stelle erschien blitzartig das Gesicht eines Kindes, mit weit geöffneten Augen. Es tauchte in die Tiefe, weit, ganz weit nach hinten, bis es nur noch ein leuchtender, flimmernder Punkt in der Mitte des schwarzen Bildschirms war. Gleich darauf erschien das Testbild wieder, leicht zitternd, wogend, wie ein im Wasser gespiegeltes Bild. Der Beamte, verwirrt, fuhr sich mit der Hand über das Gesicht. Dann griff er zum Telefon und rief beim Informationsdienst des Fernsehens (IdF) an.

«Bitte sagen Sie mir, was das eben für eine Einblendung im Testbild war?» fragte er.

Eine Männerstimme antwortete abweisend:

«Da war keine Einblendung.»

«Sie verzeihen, aber ich hab's deutlich gesehen.»

«Wir sind zu keinerlei Information verpflichtet.»

Es wurde aufgelegt. «War wohl ein Fehler. Aber das alles hängt doch irgendwie zusammen», murmelte er und setzte sich zurück vor den Fernseher mit dem nun wieder hypnotisch starren Testbild. Und nun vernahm er eine Serie von Knallgeräuschen, lauter diesmal, die er nicht orten konnte. Sie waren nah und zugleich sehr fern, unter ihm oder sonstwo im Gebäude. Wieder erhob er sich, öffnete das Fenster. Der Regen hatte aufgehört. Aber es war auch gar nicht die Jahreszeit für Regen. Es hatte wohl irgendeine Panne beim Meteo-

rologischen Dienst (MD) gegeben, denn während der
Sommermonate regnete es nie. Vom Fenster aus erkannte er sehr deutlich die Stelle, wo der Briefkasten
gestanden hatte. Er atmete tief ein, füllte die Lungen,
schaute zum nun saubergefegten Himmel auf, an dem
schon Sterne blinkten, die hellsten, die gegen die Straßenbeleuchtung im Zentrum ankamen. Nun begann
die Sendung. Er lehnte sich im Sessel zurück, wollte
die das Programm eröffnenden Nachrichten hören.
Eine Ansagerin mit gekünstelt verkniffenem Lächeln
kündigte das Abendprogramm an; dann die Vor-
spannmusik zu den Nachrichten. Es folgte ein bleich-
gesichtiger Sprecher, der eine Amtliche Verlautbarung
der Regierung (AVR) verlas. Sie war aktueller als die in
der Zeitung. Der Wortlaut: «Die Regierung gibt allen
nützlichen Bürgern bekannt, daß die in jüngster Zeit
an gewissen Objekten, Utensilien, Maschinen und Installationen (Abkürzung OUMIs) in größerer Zahl aufgetretenen Pannen und Unregelmäßigkeiten von der
eigens hierzu ernannten Kommission, die um einen
Parapsychologen erweitert wurde, eingehend geprüft
werden. Die nützlichen Bürger haben allen Gerüchten
und jedweder Übertreibung oder Verdrehung von Tat-
sachen entgegenzutreten. Sie haben Gefaßtheit zu
wahren, selbst für den Fall, daß es bei den erwähnten
OUMIs (Objekten, Utensilien, Maschinen oder Install-
lationen) zu Verflüchtigungen kommen sollte. Äußerste Wachsamkeit ist geboten. Kein OUMI (Objekt,
Utensil, Maschine oder Installation) darf künftig mit
nachlässigem Auge betrachtet werden. Die Regierung
erachtet es für dringlich, daß etwaiges Verschwinden

eines OUMI (Objekt, Utensil, Maschine oder Installation) sofort bemerkt wird. An die nützlichen Bürger ergeht der Aufruf: Wer umfassende Informationen bieten oder dem Verschwinden von OUMIs Einhalt geben kann, erhält das Ehrenprädikat verdienstvoll und wird in Rang C erhoben, sofern er tiefer eingestuft ist. Die Regierung baut auf die Mithilfe und das Vertrauen aller.» Es folgten weitere Meldungen, die aber eher uninteressant waren. Auch der Rest des Programms war nicht sonderlich reizvoll, außer vielleicht eine Live-Reportage über die Herstellung von Teppichen. Verärgert, als hätte man ihn persönlich beleidigt, schaltete der Beamte den Fernseher aus: Er, der in Rang H eingestuft war (er öffnete die rechte Hand und sah den grünen Buchstaben), würde lange sparen müssen, um sich den seit Jahren gehegten Traum von einem Teppich erfüllen zu können. Er wußte nur zu gut, wie Teppiche hergestellt wurden. Es war schlichtweg eine Beleidigung, solche Reportagen in Haushalte auszustrahlen, die nichts besaßen, womit sie den nackten Fußboden hätten bedecken können.

Er ging in die Küche, um sich sein Abendessen zu machen, nur ein Rührei, das er sich schnell mit Brot und einem Glas Wein zu Gemüte führte. Er wusch das bißchen Geschirr ab, das er benutzt hatte, und paßte dabei auf, daß die Hand mit dem Kratzer nicht naß wurde, obwohl er wußte, daß der Heilfilm wasserabweisend war. Er war wie richtiges organisches Gewebe beschaffen und atmete wie die Haut. Ein Mensch mit schweren Verbrennungen müßte nicht sterben, wenn es möglich wäre, ihn hinreichend mit dieser biologischen Flüssigkeit zu übersprühen; nur die Schmerzen würden es ihm unmöglich machen, bis zur vollständigen Genesung ein normales Leben zu führen. Er räumte Teller und Bratpfanne fort, und als er das Weinglas neben die zwei anderen, die er besaß, stellen wollte, bemerkte er im Schrank einen leeren Fleck. Zunächst wollte ihm nicht einfallen, was da gestanden hatte. Mit offenem Mund, das Glas in der Hand, überlegte und grübelte er. Genau: der Wasserkrug, den er so selten benutzte. Sacht setzte er das Glas neben die zwei anderen und schloß den Schrank. Dann fielen ihm die Ermahnungen der Regierung (R) ein, und er zog die Tür wieder auf. Alles stand noch an seinem Platz, nur der Krug nicht. Er suchte überall in der Küche, schob höchst aufmerksam die Gegenstände hin und her und musterte jedes Ding einzeln und genau, bis er dreierlei feststellte: Die Kanne stand nicht an ihrem Platz, sie war nicht in der Küche, sie war nirgendwo in der Wohnung. Einfach weg, verschwunden.

Er geriet nicht in Panik. Er hatte die Amtliche Verlautbarung (AV) im Fernsehen (F) gehört und fühlte sich als guter nützlicher Bürger, der zu sein er sich rühmen durfte, und als Beamter, Teil eines riesigen Heeres von Wächtern. Er sah sich in unmittelbarem Kontakt mit der Regierung (R), fühlte Verantwortung, vielleicht würde er zum verdienten Bürger der Stadt und des Landes ernannt, vielleicht sogar in den Rang C erhoben. Er ging ins Wohnzimmer zurück, mit festem, martialischem Schritt. Er trat ans Fenster, das er offengelassen hatte, schaute mit dem Blick eines Herrschers auf die Straße hinaus, nach der einen und nach der anderen Seite, und beschloß, das Wochenende zu Patrouillegängen in der gesamten Stadt zu nutzen. Es wäre doch gelacht, wenn er nicht zu der Regierung (R) dienlichen Erkenntnissen gelangte, dienlich genug, um Rang C zu erlangen. Er hatte nie zuvor diesen Ehrgeiz gehabt, aber jetzt gab es vielleicht eine realistische Chance. Rang C bedeutete auf jeden Fall Aufgaben von weitaus höherer Verantwortlichkeit im Amt für Sonderbeschaffung (AfS), bedeutete vielleicht Versetzung in einen der Zentralregierung (ZR) näheren Sektor. Er öffnete die Hand, sah sein H, wähnte dort schon ein C, stellte sich voller Genugtuung das ihm dann eingepflanzte neue Hautstück vor. Er ging vom Fenster weg und schaltete den Fernseher wieder ein. Es wurde gerade das Zuschneiden der Teppiche gezeigt. Interessiert machte er es sich im Sessel bequem und verfolgte die Sendung bis zum Ende. Derselbe Sprecher verlas die letzten Nachrichten, er wiederholte die Amtliche Verlautbarung der Regierung (AVR) und verkündete, Zweifel lassend über den etwaigen Zusammenhang zwischen den beiden Meldungen, am nächsten Tag werde die gesamte Peripherie der Stadt von drei Hubschrauberstaffeln überwacht, und der Generalstab der Luftstreitkräfte (GdL) habe für den Bedarfsfall schon Verstärkung durch weitere Maschinen zugesichert. Der Beamte schaltete den Fernseher aus und ging zu Bett. In dieser Nacht regnete es nicht, doch im Gebäude waren ungezählte Knirschlaute zu hören. Einige Mieter wachten erschreckt auf und riefen bei der Polizei oder der Feuerwehr an. Man versicherte ihnen, die Angelegenheit werde geprüft, es bestehe garantiert keine

Lebensgefahr, leider sei zwar die Sicherheit von Gütern nicht garantiert, doch stehe das Problem vor der Lösung. Sodann wurde ihnen die Amtliche Verlautbarung der Regierung (AVR) vorgelesen. Der Beamte des Amtes für Sonderbeschaffung (AfS) hatte indes einen ruhigen Schlaf.

Als er am Morgen die Wohnung verließ, unterhielten sich auf dem Treppenabsatz ein paar Nachbarn. Der Fahrstuhl war wieder in Betrieb. Gottseidank, sagten alle, denn allein auf der Treppe ins Erdgeschoß fehlten mittlerweile zwanzig Treppenstufen. Nach oben fehlten noch viel mehr. Die Leute waren beunruhigt und baten den Beamten des AfS um Informationen. Er sagte, die Situation werde sich zunächst noch verschlimmern, sich aber bald normalisieren, und alles käme wieder in Ordnung.

«Es gab doch immer wieder mal Probleme. Fabrikationsfehler, Fehlplanungen, Energieprobleme, mangelhaftes Rohmaterial. Und immer ist alles wieder in Ordnung gekommen.»

Eine Nachbarin wandte ein:

«Aber so eine ernste und lang anhaltende Krise hatten wir noch nie. Wo soll das nur hinführen, wenn sich die OUMIs nicht eines Besseren besinnen?»

Und ihr Ehemann (Rang E):

«Wenn die Regierung die Dinge nicht in den Griff bekommt, muß eben eine andere gewählt werden.»

Der Beamte pflichtete ihm bei und betrat den Fahrstuhl. Bevor er losfuhr, rief die Nachbarin noch:

«Wundern Sie sich nicht, die Haustür ist weg, über Nacht verschwunden.»

Als der Beamte aus dem Fahrstuhl in die Vorhalle trat, sah er zu seinem Entsetzen vor sich die rechteckige Öffnung klaffen. Keine Spur von der Tür, nur im Türrahmen die Löcher der ebenfalls fehlenden Angeln. Kein Zeichen von Gewaltanwendung, kein Splitter. Auf der Straße gingen Leute vorbei, aber sie schienen nichts zu bemerken. Diese Gleichgültigkeit fand der Beamte beinahe beleidigend, doch als er auf den Bürgersteig trat, sah er: Nicht nur seinem Haus fehlte die Tür, auf beiden Straßenseiten waren weitere Portale verschwunden. Und nicht nur Portale. Da waren Geschäfte, bei denen die Vorderfront samt Schaufenster und Auslage verschwunden waren. Einem Gebäude fehlte die ganze Fassade, als hätte ein scharfes Messer sie vom First bis in den Keller einfach weggeschnitten. Man konnte das Innere der Wohnungen sehen, die Möbel, und im Hintergrund aufgeregte Mieter. Unerklärlicherweise brannten überall die Deckenlampen. Das Haus sah aus wie ein strahlender Christbaum. Im ersten Stock schrie eine Frau: «Meine Kleider! Wo sind meine Kleider?» Und nackt irrte sie durch das zur Straße hin offene Zimmer. Der Beamte konnte sich ein Schmunzeln nicht verkneifen, denn die Frau war dick und hatte keine besonders gute Figur. Am Wochenbeginn würden die Ämter für Alltagsversorgung (AfA) überlaufen sein. Die Situation wurde immer schlimmer. Gut, daß er beim AfS arbeitete. Er lief die Straße entlang, aufmerksam, wie es die Regierung (R) wünschte, aufmerksam gegenüber allen Dingen, den festen wie den beweglichen, auf das kleinste verdächtige Anzeichen lauernd. Ihm fiel auf, daß andere es ihm gleichtaten, und diese Bezeugungen von Bürgersinn beruhigten ihn, obwohl ja jeder andere sozusagen sein Rivale war, Mitanwärter auf Vorrang C. Es wird schon niemand zu kurz kommen, dachte er.

In der Tat, viele Menschen auf der Straße. Es war ein klarer, überaus sonniger Morgen, ein prächtiger Tag für den Strand oder eine Landpartie. Oder um zu Hause in aller Ruhe die Woche ausklingen zu lassen, wäre es nicht offensichtlich, daß die Häuser nicht mehr sicher waren, nicht im strengen Sinne, sondern in jenem anderen, den man unter keinen Umständen vernachlässigen darf, die Schicklichkeit betreffend nämlich. Jenes Gebäude ohne Fassade, das aussah wie aufgeschnitten, bot wahrlich keinen angenehmen Anblick: das ganze Innere den Passanten dargeboten, und die dicke Frau, die, vielleicht ohne es zu merken, splitternackt umherwandelte und – wen? – nach dem Verbleib ihrer Kleidung fragte. Kalter Schweiß brach ihm aus bei dem Gedanken, wie peinlich es wäre, wenn auch die Fassade seines Hauses verschwände und er sich (sogar bekleidet) allen so offen zeigen müßte, ohne jenen undurchdringlichen dichten Schild, der ihn vor Kälte und Hitze und vor der Neugierde seiner Mitbürger schützte. Vielleicht sind es ja Materialfehler, dachte er. Und dann müßte man sich für das alles eigentlich noch bedanken: Die Umstände befreien die Stadt vom fehlerhaften Material, und die Regierung (R) weiß endlich zweifelsfrei und sicher, wo sie eingreifen muß, und zieht aus alledem hier Lehren für die Zukunft. Auch nur im Ansatz nachzugeben, wäre ein Verbrechen. Es gilt, die Stadt und die nütz-

lichen Bürger zu verteidigen. Er ging in einen Tabakladen, um eine Zeitung zu kaufen. Der Besitzer hinter
dem Ladentisch war im Gespräch mit zwei Kunden.

«…und alle sind umgekommen. Der Rundfunk
(Rf) hat es noch nicht gemeldet, aber ich weiß es aus
sicherer Quelle. Ein Kunde hat es mir hier vor nicht
einmal einer halben Stunde erzählt. Er wohnt hier
gleich nebenan und hat es mit eigenen Augen gesehen.»

Der AfS-Beamte fragte:

«Wovon reden Sie?»

Und er öffnete beiläufig die Hand, scheinbar zufäl-
lig, aber eindeutig mit der Absicht, seinen Gesprächs-
partner einzuschüchtern. Hier schien niemand von
höherem Rang als H zu sein. Der Ladeninhaber wiederholte die Geschichte.

«Ich erzählte gerade, was mir ein Kunde berichtet
hat. In seiner Straße ist ein ganzes Gebäude verschwunden, und die Bewohner alle tot, sie lagen einfach auf
der Erde. Splitternackt. Sogar ohne Ringe. Aber am
merkwürdigsten: das ganze Gebäude verschwunden,
mitsamt den Fundamenten. Übrig ist nur noch die
Baugrube.»

Dies nun war eine ernste Angelegenheit. Verletzun-
gen durch Türen und verschwundene Briefkästen
oder Kannen, das war ja noch zu ertragen. Notfalls
auch das Verschwinden einer Hausfassade. Aber Tote
nie und nimmer. In amtlichem Ton (auch die drei
Männer hatten scheinbar beiläufig die Handflächen
nach oben gekehrt: der Ladenbesitzer hatte Rang L,
einer der Kunden Rang I, und der andere zeigte zö-

gerlich ein N), in amtlichem Ton gab der Beamte seiner Beunruhigung als Bürger Ausdruck:

«Nach diesem Vorfall gibt es Krieg. Krieg ohne Gnade. Ich meine, die Regierung (R) duldet keine Gewalt, und Mord erst recht nicht. Jetzt wird es Strafaktionen geben.»

Kunde I, nur einen Grad unter ihm, wagte ganz sanft den Einwand:

«Das Schlimme ist, die Folgen dieser Strafaktionen werden wir zu spüren bekommen.»

«Ja, Sie haben recht. Aber nur für eine gewisse Zeit. Bestimmt nur für eine gewisse Zeit.»

Der Ladenbesitzer sagte:

«Ja, so ist das immer gewesen.»

Der Beamte wählte eine Zeitung und bezahlte. Da fiel ihm ein: Er hatte die ihm vom Sanitäter auf die rechte Hand gepinselte Wundhaut noch nicht entfernt. Aber das war auch nicht so wichtig, er könnte es später tun. Er grüßte, trat hinaus und flanierte die Straße hinunter bis zur breiten Allee. Überall standen Gruppen von Fußgängern, die sich erregt unterhielten. Manche zeigten besorgte Mienen, andere schienen schlecht oder gar nicht geschlafen zu haben. Er trat an eine größere Gruppe heran, in deren Mitte ein Offizier der Militarisierten Kräfte (MK) das Wort führte:

«Es gilt, Panik zu vermeiden. Das ist der oberste Grundsatz», sagte er. «Die Situation ist unter Kontrolle. Die drei Waffeneinheiten sind auf der Hut, ich sage bewußt nicht Alarmzustand, da dies nicht zutreffend wäre, die Polizei für binnenwirtschaftliche Sicherheit (PbS) hat sich der Sache in all ihren Aspekten und auf allen Ebenen angenommen. Den nützlichen Bürgern wird empfohlen, immer ihre Identitätsdokumente bei sich zu tragen.»

Etliche der Umstehenden griffen sich in die Tasche, hörten noch ein Weilchen zu und entfernten sich dann eilig. Es waren all jene, die ihre Identitätsdokumente zu Hause vergessen hatten. Der Beamte betrat ein Café, setzte sich, bestellte entgegen seiner sonstigen Zurückhaltung ein alkoholisches Getränk, dann breitete er seine Zeitung auf dem Tisch aus. Das Ministerium des Innern (MdI) und das Ministerium für Industrie (MfI) gaben eine gemeinsame Erklärung ab, in der die vorangegangenen Amtlichen Verlautbarungen (AV) wiederholt und erläutert wurden. Die Schlagzeile, über die ganze Seite hin, versicherte: «Keine Verschlimmerung der Lage in den letzten 24 Stunden». Der Beamte murmelte nervös: «Warum sollte sie sich verschlimmern?» Er blätterte die Zeitung durch. Nichts als Chaos: Meldungen über Mängel, über Ausfälle, über Verschwundenes. Von Toten war nicht die Rede. Ein Foto beeindruckte den Beamten ganz besonders: Es zeigte eine Straße, deren eine Seite einfach verschwunden war, als hätten dort nie Häuser gestanden. Das Bild, offenbar von oben aus einem benachbarten Gebäude aufgenommen, zeigte ein Labyrinth von Baugruben, ein in Rechtecke zerfallendes langes Band, das aussah wie Kinderspielzeug. Er erinnerte sich an das Gespräch im Tabakladen: Und die Toten? fragte er sich. Aber Hinweise auf Tote gab es nicht. Verhehlte die Zeitung den Ernst der Lage? Er schaute sich um und blickte zur Decke auf. Und wenn jetzt ausgerechnet dieses Gebäude verschwände? schoß es ihm durch den Kopf. Er spürte kalten Schweiß auf der Stirn und einen Druck im Magen. Meine Phantasie geht mit mir durch, überlegte er, das war schon immer mein Problem. Er rief den Kellner, zahlte, und während er sein Wechselgeld entgegennahm, zeigte er auf die Zeitung und fragte den Mann:

«Was sagen Sie denn dazu?»

Wie es sich gehörte, öffnete er die Hand. Der Kellner, der, wie er sich zuvor hatte überzeugen können, ein R hatte, zuckte die Achseln und sagte:

«Nun, wenn Sie's wissen möchten, mir ist das egal. Ich finde es eher lustig.»

Der Beamte steckte wortlos das Restgeld ein, nahm seine Zeitung und verließ stolzen Schrittes den Saal. Er suchte eine Telefonzelle, wählte die Nummer der Polizei für binnenwirtschaftliche Sicherheit (PbS) und meldete eilfertig, in jener Straße und jenem Café lege ein so und so aussehender Kellner verdächtiges Benehmen an den Tag. Was das heißen solle? Er habe gesagt, ihm sei es egal, er finde es eher lustig. Und er habe, sagte der Beamte, hinzugefügt, es geschähe nur recht, seinetwegen könnte alles verschwinden. Wirklich? Wirklich. Er wurde nicht nach seinen Personalien gefragt, also gab er sie auch nicht an. So eine einzelne Information würde ihm sicher nicht gleich den Rang C einbringen, doch es war ein guter Anfang. Er verließ die Telefonzelle und wartete. Eine Viertelstunde später hielt ein dunkler Wagen vor dem Café. Zwei Bewaffnete stiegen aus und betraten das Lokal.

Kurz darauf führten sie den Kellner in Handschellen ab. Der Beamte seufzte, drehte sich um und ging pfeifend weiter.

An der frischen Luft fühlte er sich wohler. Er war ein bißchen überrascht von sich selbst, darüber, mit welcher Selbstverständlichkeit er angerufen hatte, darüber, wie ungerührt er verfolgt hatte, wie die Beamten der PbS den Kellner in den Wagen hineinstießen. «Dienst für die Stadt ist Bürgerpflicht», murmelte er. «Handelten alle wie ich, würde das alles hier vielleicht nicht passieren. Ich bin ein Diener des Staates, dessen kann ich mich wohl rühmen. Die Regierung (R) muß man unterstützen.» In den Straßen waren große Schäden erkennbar, doch fiel einem an der Stadt eine allgemeine Beschädigung auf, als hätte einer hier und da Stückchen herausgebrochen, wie Kinder es mit einem Kuchen tun: Zunächst merkt man den Schaden kaum, und plötzlich wird einem klar, daß man den Kuchen in diesem Zustand nicht mehr den Gästen anbieten kann. Es gab allerdings auch einige ernste Schäden (oder sollte man sagen Abwesenheiten?). Im letzten Abschnitt der Allee, auf mehr als zweihundert Meter Länge, war der gesamte Asphalt verschwunden. Auch mußte dort ein unterirdisches Wasserrohr gebrochen sein, denn wie sonst war der riesige Krater und der darin brodelnde Schlamm zu erklären? Männer vom Amt für Wasserwirtschaft (AfW) rissen von den Kraterrändern her tiefe Gräben auf, um die Kanalisation freizulegen. Andere studierten den Lageplan, vergewisserten sich, wo das Wasser eingedämmt und in einen anderen Kanal umgeleitet werden sollte. Es war schon eine große Schar Neugieriger zusammengekommen. Der Beamte des AfS trat näher heran, um besser sehen zu können. Einen der Gaffer fragte er:

«Wie ist das passiert?»

Das Händeritual offenbarte ihm, daß sein Gegenüber vom Rang E war.

«Letzte Nacht», sagte der Mann, «schreckliche Geschichte, wie Sie sehen. Die Straße ist verschwunden, mit allem drauf. Samt meinem Auto.»

«Mit Ihrem Auto?»

«Mit allen Autos. Mit allem: Straßenschilder, Briefkästen, Straßenlaternen. Sie sehen ja, alles fort.»

«Aber die Regierung (R) wird für Entschädigung sorgen. Sie werden einen neuen Wagen bekommen.»

«Sicher, ganz ohne Zweifel. Aber stellen Sie sich vor, nach Schätzung der Polizei für Stadtverkehr (PfS) standen allein auf diesem Teilstück einhundertachtzig bis zweihundertzwanzig Wagen! Möglicherweise ist in anderen Straßen ähnliches passiert. Meinen Sie jetzt immer noch, das Problem ließe sich so einfach lösen?»

«Nein, wohl nicht. Zweihundert Autos auf einen Schlag zu ersetzen, das ist schon ein Brocken, und ich als Beamter im AfS weiß, wovon ich rede.»

Der Autobesitzer fragte ihn nach dem Namen, sie tauschten die Visitenkarten. Endlich wurde das Wasser abgestellt, und im Krater verebbte das letzte Schlammblubbern. Der Beamte zog sich zurück. Jetzt machte er sich doch ernsthafte Sorgen. Noch mehr solche Fälle, und in der Stadt würde das Chaos regieren.

Zeit zum Mittagessen. Jetzt befand er sich in einer Gegend, die er nur flüchtig kannte, da er selten her-

kam, doch würde er bestimmt eine seinem Portemonnaie angemessene Gaststätte finden. Er hatte erwogen, zum Essen nach Hause zu gehen, aber die
Umstände rechtfertigten ein Abweichen von den
Gewohnheiten. Es war ohnehin kein angenehmer Gedanke, sich zwischen den vier Wänden eines Gebäudes ohne Eingangstür und mit fehlenden Treppenstufen zurückzuziehen, wenn nicht sogar noch mehr
fehlte. Andere – viele – mochten den gleichen Gedanken haben wie er. In den Straßen wimmelte es von
Menschen, und mancherorts war kaum ein Durch-
kommen. Der Beamte begnügte sich mit einem belegten Brötchen und einer Limonade, alles in Eile gekaut
und hinuntergespült. Die Restaurants, an denen er
vorbeikam, waren fast leer, aber er fürchtete sich ein-
zutreten. Lächerlich, dachte er, ohne recht zu merken,
wie er seine Angst bewertete. Wenn die Regierung (R)
nicht rasch Vorkehrungen trifft, wird dies ein böses
Ende nehmen. Just in diesem Moment hielt ein Auto
mit Lautsprecher mitten auf der Straße an. Es ertönte
die verstärkte Stimme einer Frau, die vom Auto aus
folgendes verlas: «Achtung, nützliche Bürger. Die Regierung (R) gibt allen Einwohnern bekannt, daß
strenge Vorbeugungs- und Strafmaßnahmen getrof-
fen werden. Nach einigen Festnahmen wird erwartet,
daß sich die Situation im Laufe des Tages vollständig
normalisiert. Während der letzten Stunden wurden
kaum mehr Fälle schlechten Funktionierens gemeldet, und auch kein Verschwinden. Die nützlichen Bürger sind aufgerufen, weiterhin wachsam zu sein, ihre
Mitarbeit ist von großem Wert. Die Verteidigung der

Stadt obliegt nicht nur der Regierung (R) und den Militärischen und Militarisierten Kräften (MuMK), die Verteidigung ist Sache aller. Die Kooperation so vieler Bürger nimmt die Regierung dankend zur Kenntnis, gibt jedoch gleichzeitig zu bedenken, daß die Ergebnisse von seiten zahlreicher Menschen auf Straßen und Plätzen durch eben diese Massen Einbußen zu erleiden drohen. Der Feind muß isoliert werden, er darf keine Gelegenheit haben, sich in der Masse zu verstecken. Darum Augen auf! Unser guter Brauch, die Handflächen vorzuzeigen, soll ab jetzt Gesetz und Pflicht sein. Jeder Bürger ist fortan ermächtigt, Einsicht in die Handfläche jedweden anderen Bürgers gleich welchen Ranges zu fordern, wir wiederholen: zu fordern. Rang Z hat das Recht und die Pflicht, von Rang A das Vorzeigen der Hand zu verlangen. Die Regierung (R) wird mit gutem Beispiel vorangehen. Heute abend werden die Kabinettsmitglieder im Fernsehen (F) der Bevölkerung geschlossen die rechte Hand vorzeigen. Mögen alle es ihnen nachtun! Die Devise der gegenwärtigen Situation lautet: Wachsamkeit und offene Hand.» Die vier Insassen des Wagens befolgten den Befehl als erste. Hinter den geschlossenen Scheiben zeigten sie die rechte Handfläche vor. Der Wagen fuhr weiter, und die Frau begann ihren Text von vorn. Der Beamte wandte sich erregt einem Mann zu, der weitergehen wollte: «Zeigen Sie die Hand.»

Dann herrschte er eine Frau an:

«Zeigen Sie die Hand.»

Sie zeigten und forderten ihrerseits zum Vorzeigen auf. Binnen Sekunden zeigten Hunderte von Männern und Frauen, die auf der Straße standen oder gingen, einander eilfertig ihre Hände, streckten sie in die Höhe, damit alle ringsum sich überzeugen konnten. Und bald fuchtelten alle Hände in der Luft, alle stellten sie fieberhaft ihre Unschuld unter Beweis. So wurde stadtweit und zeitgleich die effizienteste und schnellste Methode der Identifikation und Legitimierung geboren: Keiner brauchte stehenzubleiben, mit vorgestrecktem Arm und im Gelenk hochgewinkelter Hand liefen die Leute aneinander vorbei und zeigten sich gegenseitig ihren Rangvermerk. Es war ermüdend, aber zeitsparend.

An Zeit fehlte es indes nicht. Noch war die Stadt in Bewegung, wenn auch sehr träge. Niemand wagte mehr die Untergrundbahn zu benutzen; alle hatten Angst vor den Tunnels. Außerdem ging das Gerücht, auf einer der Strecken sei die Isolierung der elektrischen Kabel verschwunden, und wenn ein Zug mit blanken Leitungen in Berührung komme, werde der Stromschlag alle Insassen töten. Vielleicht stimmte nichts davon, vielleicht alles. Jedenfalls wimmelte es an Einzelheiten darüber. Es fuhren immer weniger Autobusse. Die Menschen schleppten sich zu Fuß durch die Straßen, streckten den Arm vor, zogen weiter, immer müder, ohne Heimat noch Ziel. In dieser düsteren Geistesverfassung hatten sie nur Augen für Anzeichen des Verschwindens oder für durch Verschwinden verursachte Zerstörung. Ab und an sah man Lastwagen mit Soldaten, mal auch eine Panzerkolonne, die mit donnernden Ketten in großen Flatschen den Straßenbelag aufriß. Hubschrauber kreisten. Die Leute fragten einander bang: «Ist die Lage wirklich so ernst? Ist Revolution? Wird es Krieg geben? Aber die Feinde, wo sind die Feinde?» Und falls sie es nicht längst getan hatten, hoben sie jetzt den Arm und zeigten die Handfläche vor. Die Kinder hatten ihren besonderen Spaß: Wie wilde Tiere stürzten sie sich auf die Erwachsenen, schnitten Grimassen und riefen: «Zeigen Sie die Hand!» Und wenn die verschreckten Erwachsenen brav gehorcht hatten und dasselbe forderten, weigerten sich die Kinder, streckten ihnen die Zunge heraus oder zeigten die Hand nur von weitem. Das machte nichts, und es drohte auch keine Gefahr, war doch allen ein Buchstabe eingraviert, wie ihren Eltern.

Der AfS-Beamte beschloß, nach Hause zu gehen, erschöpft bis ins Mark. Da er wenig gegessen hatte, malte er sich das kleine Menü aus, daß er sich zu Hause anrichten wollte. Mit der Vorstellung wuchs der Hunger, wurde fast zur Gier, das Wasser lief ihm im Mund zusammen. Unversehens beschleunigte er den Schritt, bald rannte er. Plötzlich aber wurde er brutal gepackt und gegen eine Mauer gedrückt. Vier Männer schrien ihn an, wollten wissen, warum er renne, sie schüttelten ihn, öffneten mit Gewalt seine Hand. Dann mußten sie ihn loslassen, und er rächte sich, indem er sie seinerseits aufforderte, die Hände vorzuzeigen, aber dalli. Alle waren von geringerem Rang als er.

In seinem Haus gab es offenbar keine Veränderungen. Es fehlten die Eingangstür und die Stufen, aber der Fahrstuhl funktionierte noch. Als er in seinem Stockwerk ankam und die Aufzugstür hinter ihm zuging, hatte er einen Gedanken, der ihn im nachhinein erschauern ließ: Wenn nun der Fahrstuhl mittendrin stehengeblieben wäre oder sich in Luft aufgelöst hätte und er jäh in die Tiefe gestürzt wäre, wie die vom Besitzer des Tabakladens erwähnten Toten! Auf der Stelle beschloß er, den Fahrstuhl zu meiden, solange die Situation ungeklärt war, doch dann fiel ihm ein, daß ja die Stufen fehlten – die Treppe zu benutzen war wohl ausgeschlossen. Mitten in diesem Dilemma, auf dem Treppenabsatz, dicht vor seiner Wohnungstür, hielt er plötzlich inne, in fast krankhaft gesteigerter Aufmerksamkeit. Und da, ein Bein fest auf dem Boden und eines in der Luft, bemerkte er die Stille im Gebäude, die nur ab und zu plötzlich von merkwürdigen leisen Knirschlauten unterbrochen wurde. Waren alle Leute außer Haus? Hatten sie sich alle den Anordnungen der Regierung (R) gehorchend als Späher auf die Straße begeben? Oder waren sie geflohen? Ganz sachte setzte er den Fuß auf den Boden ab und spitzte die Ohren. In einem oberen Stockwerk hustete jemand, das beruhigte ihn. Sehr vorsichtig öffnete er die Wohnungstür und trat ein. Ein Gang durch die Zimmer versicherte ihm: Alles in Ordnung. Er schaute in den Küchenschrank, vielleicht stand ja der Krug wie durch ein Wunder wieder an seinem Platz. Aber nein. Da überkam ihn große Angst: Dieser persönliche kleine Verlust machte ihm das über der Stadt liegende Unheil nur um so nachhaltiger bewußt, diese kollektive Katastrophe, die er nun mit eigenen Augen gesehen hatte. Ihm fiel ein, daß er noch vor Minuten riesigen Hunger verspürt hatte. War er plötzlich verflogen?

Das nicht, aber er hatte sich in einen fast dumpfen Schmerz verwandelt, der trockene Rülpser hervorrief, aus dem Leeren, als dehnten und verkrampften sich die Magenwände abwechselnd. Er machte sich ein belegtes Brot, das er im Stehen aß, mitten in der Küche, mit starrem Blick und zitternden Beinen. Er hatte das Gefühl, als schwanke der Boden. Er schleppte sich ins Schlafzimmer, legte sich angekleidet auf das Bett und schlief sofort fest ein. Der Rest seines Brotes fiel auf den Fußboden und klappte beim Hinfallen auf, an einem Ende die Bißspuren. Das Zimmer hallte von drei Knallgeräuschen wider, und als wäre dies ein Zeichen, begann sich die Wohnung zu drehen und zu schlingern, wobei sie ihre Form bewahrte, es gab keine Veränderung in den einzelnen Elementen oder ihren Relationen zu einander. Das ganze Gebäude erbebte, vom Dach bis zum Keller. In anderen Stockwerken ertönten Schreie.

Vier Stunden schlief der Beamte ohne eine einzige Bewegung. Er träumte, nackt in einem engen Fahrstuhl zu sein, der den Schacht aufwärts sauste, das Dach durchschlug, in den Himmel stieg wie eine Rakete und plötzlich verschwunden war, und da hing er allein im Äther, schwerelos für eine Zehntelsekunde, die zugleich eine unsäglich lange Stunde war, oder die Ewigkeit, und dann fiel er in die Tiefe, endlos, Arme und Beine von sich gestreckt, er sah die Stadt von oben, oder ihren Standort, denn da waren keine Häuser und Straßen, nur eine leere, wüste Fläche. Er schlug heftig auf der Erde auf und stieß mit der rechten Hand gegen irgend etwas.

Er wachte vom Schmerz auf. Das Zimmer war schon völlig dunkel, wie in schwarzen Nebel gehüllt. Er setzte sich im Bett auf, rieb mit der Linken die rechte Hand und erschrak, denn er fühlte etwas Klebriges, Warmes. Auch ohne es zu sehen, wußte er, daß das Blut war. Wie aber konnte diese kleine Wunde von der Tür des AfS so stark bluten? Er knipste das Licht an, und da sah er: Sein Handrücken war eine einzige offene Wunde, die heilende künstliche Haut war verschwunden. Noch halb benommen vom Schlaf und ganz verwirrt über diesen plötzlichen Unfall, eilte er ins Bad, wo er einige Medikamente zur Ersten Hilfe aufbewahrte. Er nahm ein Fläschchen aus dem Schrank. Das Blut troff auf den Fußboden oder rann ihm in den Ärmel, je nachdem, wie er den Arm hielt. Offenbar eine ernsthafte Verletzung. Er öffnete das Fläschchen, tauchte den in einer Hülle verwahrten Pinsel hinein, doch als er das flüssige Wundpflaster auftragen wollte, hatte er das Gefühl, einen Fehler zu begehen. Ob sich dann nicht alles wiederholte? Er stellte das Fläschchen an seinen Platz zurück, wobei er ringsum alles mit Blut befleckte. Verbandszeug hatte er keines im Haus. Solche Materialien, Kompressen und Heftpflaster zum Beispiel, waren kaum mehr in Gebrauch, seit der Handel die regenerierende Flüssigkeit anbot. Er eilte ins Schlafzimmer zurück, öffnete das Schubfach, in dem er seine Hemden aufbewahrte, und riß von einem Hemd einen langen Fetzen ab. Unter Zuhilfenahme seiner Zähne gelang es ihm, die Hand fest zu umwickeln. Während er das Fach schloß, sah er den Rest des belegten Brotes auf dem Boden liegen. Er bückte sich, um es aufzuheben, klappte die beiden Hälften zusammen, setzte sich auf den Bettrand und kaute langsam, nun ohne Hunger, nur noch aus einer Art Pflichtgefühl, das er nicht weiter hinterfragen wollte.

Beim letzten Bissen bemerkte er auf dem Fußboden die Schatten eines Möbelstücks, einen dunklen Fleck. Beunruhigt trat er heran, und der Gedanke schoß ihm durch den Kopf, daß es mit diesen Fehlern im Boden endlich ein Ende haben würde, wenn er sich endlich den Teppich kaufen könnte. Der jetzt reglose rote Fleck war (er hätte es schwören können) mitten in einer Bewegung ertappt worden. Der Beamte streckte das Bein vor und drehte das Ding mit der Schuhspitze um. Er wußte schon, was das war: das ihm jüngst auf den Handrücken gepinselte künstliche Wundpflaster, und das Rot war Blut, die Unterseite der Klebehaut. Nun dachte er, daß er es wahrscheinlich nie soweit bringen würde, den Teppich kaufen zu können. Er schloß die Schlafzimmertür hinter sich und ging ins Wohnzimmer. Er schien ruhig und gefaßt, doch in ihm war Panik, wie eine zunächst noch langsam sich drehende Scheibe mit ausfahrbaren Stacheln, die ihn bald schrammen würden. Er stellte den Fernseher (F) an, und während das Gerät warmlief, trat er ans Fenster, das er am Morgen geöffnet und seither nicht wieder geschlossen hatte. Es wurde Abend. Auf der Straße waren viele Menschen, aber alle vereinzelt und stumm. Sie schienen einfach so herumzulaufen, ohne Ziel, sie beschränkten sich darauf, den Arm zu strecken und die rechte Hand vorzuzeigen. Von oben betrachtet, reizte einen dieses schweigsame Schauspiel zum Lachen:

Die Arme gingen hoch und nieder, die blanken Hände mit den grünen Buchstaben winkten schnell und senkten sich dann. Und wenige Schritte weiter wiederholte sich das Ganze. Sie wirkten wie Patienten mit einem Tick im Park einer Irrenanstalt.

Der Beamte ging zum Fernseher (F) zurück. Auf dem Bildschirm waren fünf Personen mit sehr ernsten Gesichtern zu sehen. Sie saßen um einen runden Tisch. Noch ehe er die ersten Worte hören konnte, fiel ihm auf, daß sowohl Bild als auch Ton ständig unterbrochen wurden. Der Moderator sagte:

«...ben hier Spezialis...logie, binnenwirtschaftliche Sicherheit, biologische Operationalität, pro...wir-...ung...»

Fast eine halbe Stunde lang blinkte der Fernseher, spuckte abgehackte Worte, und auch manchmal einen Satz, von dem man nicht sagen konnte, ob er vollständig war. Der Beamte saß da, war sich nicht sicher, ob ihn das Gerede überhaupt interessierte, blieb eigentlich nur aus Gewohnheit vor dem Fernseher (F) sitzen und weil er momentan nichts anderes unternehmen konnte. Wenn sich das überhaupt je ändern sollte. Er wollte sehen, wie die Regierung (R) ihre Hände vorzeigte, nicht weil dieser Akt von Bedeutung sein könnte, Übel in dieser Stadt behob oder irgendeine Unschuld bewies, sofern das die Absicht war, sondern vielleicht weil dies eine seltene Gelegenheit war, so viele Männer von Rang A und B auf einmal zu sehen. Dann hielt sich das Bild für einige Sekunden, auch der Ton war jetzt normal, und eine Stimme im Fernseher sagte: «...es scheint bewiesen, daß tagsüber nichts verschwindet. Am Tage gibt es nur Verzögerungen, Unzulänglichkeiten, generelle Pannen. Nur in der Nacht verschwinden Dinge.»

Der Moderator fragte:

«Was soll man also nach Ihrem Dafürhalten nachts tun?»

Der Gefragte:

«Nach meinem Dafürhalten...»

Das Bild verschwand, der Ton verstummte, nun lief gar nichts mehr. Die Regierung würde der Stadt nicht die Hände vorzeigen.

Der Beamte ging ins Schlafzimmer zurück. Erwartungsgemäß (wäre ja auch ein Wunder gewesen) befand sich die regenerierende Klebehaut nicht mehr an derselben Stelle. Erneut berührte er sie mit der Schuhspitze, fast ohne es zu merken. Er hörte in seinem Hirn noch einmal die Worte des Moderators: «Was soll man also nach Ihrem Dafürhalten nachts tun?» Ja, was gilt es während der Nacht zu tun? Nun waren keine Knallgeräusche mehr zu hören. Dafür knirschte das ganze Gebäude, als zerrten zwei entgegengesetzte Kräfte daran. Der Beamte riß einen weiteren Streifen vom Hemd, umwickelte die Hand besser und straffer, dann holte er seine gesamte Barschaft aus dem Schubfach. Trotz des milden Wetters zog er den Mantel an: Die Nacht würde kühl werden, und er plante nicht vor Tagesanbruch heimzukehren. «Nur in der Nacht verschwinden Dinge.» Er ging in die Küche, machte sich ein weiteres Brot und steckte es in die Tasche; sein Blick schweifte noch einmal durch die ganze Wohnung, dann ging er los.

Im Flur, ehe er sich zum Fahrstuhl wandte, rief er das Treppenhaus hinauf:

«Ist da jemand?»

Keine Antwort. Das ganze Gebäude schien zu beben und zu knirschen. Und wenn der Fahrstuhl nicht funktioniert, wie komme ich dann hier weg? fragte er sich. Er sah sich schon aus dem Fenster seiner Wohnung im zweiten Stock hinaus auf die Straße springen, doch die Fahrstuhltür öffnete sich problemlos und das Licht ging an, so daß er erleichtert aufatmete. Bang drückte er den Knopf. Der Fahrstuhl zögerte, als wollte er dem elektrischen Kommando widerstehen, aber dann, gemächlich und unter sanften Stößen, fuhr er hinab bis ins Erdgeschoß. Unten klemmte die Tür, sie ließ sich gerade so weit öffnen, daß er sich hätte durchzwängen können, doch dann schob sie sich wieder zu, und er blieb stecken. Die schwere Scheibe der Panik drehte sich schon rasch, schwindelerregend schnell. Plötzlich, als verzichte sie oder als müßte man ihr nur drohen, gab die Tür nach und ließ sich öffnen. Der Beamte eilte auf die Straße hinaus. Es war schon dunkel, doch die Straßenbeleuchtung brannte nicht. Stumme Gestalten gingen vorüber, kaum jemand hob jetzt die Hand. Aber hier und da zündete jemand ein Feuerzeug an oder leuchtete mit seiner Taschenlampe, um zu kontrollieren. Der Beamte wich in den Hauseingang zurück. Er wollte hinaus, das Gebäude konnte er über sich nicht mehr ertragen, aber draußen würde ihn am Ende jemand nötigen, sich auszuweisen, und er trug die blutende Hand fest umwunden. Sie könnten argwöhnen, der Verband sei Verkleidung

und die Verletzung nur vorgetäuscht, um die Handfläche verborgen zu halten. Angst packte ihn. Doch das
Knarren im Gebäude wurde lauter. Irgend etwas ging
da vor. Für eine Sekunde vergaß er die Hand, tat einen
Satz auf die Straße hinaus. Er spürte einen ungestü-
men Drang zu rennen, doch dann erinnerte er sich,
was ihm am Nachmittag passiert war; mit der Hand in
diesem Zustand (wieder fiel sie ihm ein, und fortan
vergaß er sie nicht wieder) war die Situation gefährlich
für ihn. Er wartete noch ein Weilchen im Verborge-
nen, bis die Gestalten weniger wurden und weniger
Feuerzeuge und Taschenlampen angingen und verlo-
schen, dann schlich er die Mauer entlang fort. Er kam
ungehindert durch die Straße, in der er wohnte, und
faßte neuen Mut. War ja auch absurd, in einer Stadt
ohne Straßenbeleuchtung den Arm zu heben, wo die
Leute, von fruchtlosem Wachdienst erschöpft, nun
bald ganz davon abließen.

Allerdings hatte der Beamte nicht mit der Polizei (P)
gerechnet. Als er um eine Ecke auf einen großen Platz
einbog, stieß er auf eine Patrouille. Er wollte zurückweichen, doch ein Lichtkegel war direkt auf ihn gerichtet. Man befahl ihm anzuhalten. Versuche er zu
fliehen, sei er ein toter Mann. Er trat an die Streife
heran.

«Zeigen Sie Ihre Hand.»

Der Lichtkegel richtete sich auf den weißen Verband.

«Was ist das?»

«Ich hab mich am Handrücken verletzt und mußte
die Wunde verbinden.»

Die drei Polizisten umringten ihn.

«Verbinden? Was ist das für eine Geschichte?»

Wie erklären, daß ihm das Heilpflaster die Haut ab-
gefetzt hatte und sich nun in der Finsternis seines
Schlafzimmers tummelte (wohin?)?

«Warum haben Sie nicht flüssiges Pflaster auf die
Wunde gestrichen? Wenn Sie da überhaupt eine
Wunde haben», knurrte einer der Polizisten.

«Natürlich habe ich eine Wunde! Aber wenn ich die
Binde abnehme, fängt es wieder an zu bluten.»

«Schluß jetzt mit dem Gerede. Zeigen Sie die
Hand.»

«Meine Herren...»

«Hand her oder es setzt was.»

Der dicht neben ihm stehende Polizist griff plötzlich
zu, fuhr mit den Fingern unter den Verband und zerrte
grob daran. Das Blut schien zu zögern, dann, im grellen Schein der Laterne, quoll es auf der hautfreien Fläche hervor. Der Polizist drehte ihm die Handfläche
nach oben, und da war der Buchstabe zu sehen.

«Sie können weitergehen.»

«Helfen Sie mir bitte, den Verband wieder anzu-
legen», flehte der Beamte.

Widerwillig brummte der Polizist: «Wir sind kein
Krankenhaus.» Und dann: «Sie sollten lieber zu
Hause bleiben.»

Der Beamte, vor Schmerz und Selbstbemitleidung
den Tränen nahe, murmelte:

«Aber das Haus...»

«Na los», sagte der Polizist, «gehen Sie.»

Auf der anderen Seite des Platzes waren einige

Lichter. Der Beamte zögerte. Sollte er hinübergehen und sich der Gefahr aussetzen, unentwegt Leuten zu begegnen, denen er die Handfläche vorzeigen mußte? Er bebte vor Schmerz, vor Angst, vor innerer Qual. Die Wunde hatte sich schon vergrößert. Was tun? Sollte er in der Dunkelheit umherirren, wie viele andere, sollte er tastend seinen Weg suchen und mit anderen zusammenstoßen? Oder nach Hause zurückkehren? Die Begeisterung, ein wachsamer Bürger zu sein, mit der er am Morgen losgezogen war, hatte sich verflüchtigt. Käme was wolle, falls da im Dunkel überhaupt etwas zu erkennen wäre, er würde nicht einschreiten, er würde niemanden um Zeugenschaft oder Hilfe anrufen. Vom Platz bog er in eine breite, von Bäumen gesäumte und darum noch finstere Straße ein. Hier würde niemand von ihm verlangen, die Hand vorzuzeigen. Leute hasteten vorbei, doch diese Eile bedeutete nicht, daß sie irgendwo hin gelangen müßten, daß sie einem Ziel zustrebten. Schnell gehen bedeutete Flucht, egal wohin.

Die Häuser zu beiden Seiten der Straße ächzten und knackten. Ihm fiel ein, daß sich am Ende der Straße, an einer Kreuzung, ein Denkmal befand, mit Bänken ringsum. Da wollte er sich für eine Weile hinsetzen, die Zeit totschlagen, vielleicht die ganze Nacht lang. Er hatte kein Ziel, was sollte er also tun? Niemand hatte ein Ziel. Die Straße dort unten war wie alle anderen ein einziger Menschenstrom. Man hätte meinen können, die Einwohnerschaft habe sich vermehrt. Ein Schauer überlief ihn bei diesem Gedanken. Und es überraschte ihn nicht, als er sah, daß auch das Denkmal verschwunden war. Die Bänke waren noch da, und einige Leute saßen darauf. Der Beamte dachte an seine verletzte Hand und zögerte. Aus der Dunkelheit kamen weitere Leute und belegten die noch freien Plätze. Er konnte sich nicht setzen.

Er wollte sich nicht setzen. Er bog links ab, in eine früher schmale Straße, in deren Fassaden jetzt auf beiden Seiten breite und tiefe Löcher klafften, Riesenlücken, wo früher Gebäude gestanden hatten. Wäre es Tag, würde sich hier wohl eine Reihe von Ausblicken auftun, gen Nord und gen Süd, gen Ost und gen West, bis zu den Rändern der Stadt, sofern man noch von einer Stadt reden konnte. Das brachte ihn auf einen Gedanken: die Stadt verlassen, ins Umland gehen, ins freie Feld, wo keine Gebäude verschwanden, wo nicht zu Hunderten Autos abtauchten, wo die Dinge nicht einfach ihren Standort wechselten, nicht mehr da und nirgends mehr waren, nur Leere hinterließen und hier und dort einige Leichen. Er sprach sich Mut zu: Auf diese Weise würde er dem Alptraum entkommen, so die Nacht verbringen zu müssen, ziellos umherirrend und unsichtbaren Bedrohungen ausgeliefert. Und bei Tagesanbruch würde sich vielleicht eine Lösung finden. Sicherlich studierte die Regierung (R) die Situation. Fälle dieser Art, wenn auch weniger ernste, hatte es schon gegeben, und stets war eine Lösung gefunden worden. Nur nicht verzweifeln. Die gute Ordnung würde in die Stadt zurückkehren. Dies war eine Krise, einfach nur eine Krise, weiter nichts.

In der Nähe seiner Straße brannten noch einige Laternen. Nun wich er ihnen nicht aus: Er fühlte sich sicher und zuversichtlich, wer ihn anspräche, dem

würde er ruhig und gefaßt seine Leidensgeschichte erzählen, er würde beweisen, daß dies alles Teil derselben gegen die Sicherheit und das Wohlergehen der
Stadt gerichteten Verschwörung war. Doch das war
nicht nötig. Niemand verlangte, seine Handfläche zu
sehen. Die wenigen erleuchteten Straßen waren voller
Menschen. Er kam nur mühsam voran. In einer verlas
hoch von einem Lastwagen her ein Sergeant der
Landstreitkräfte (LS) eine Proklamation oder Bekanntmachung.

«Allen nützlichen Bürgern wird hiermit zur Kenntnis gebracht, daß morgen ab sieben Uhr auf Befehl des
Obersten Generalstabs der Streitkräfte (OGS) als erste
Maßnahme der Vergeltung der östliche Sektor der
Stadt mittels Artillerie (A) und Luftwaffe (L) bombar-
diert wird. Die im zu bombardierenden Sektor wohnenden nützlichen Einwohner wurden bereits aus
ihren Häusern evakuiert und in angemessen bewach-
ten Einrichtungen der Regierung untergebracht. Sie
werden für alle materiellen Einbußen sowie für die
durch diese Anordnung zwangsläufig eintretenden
stimmungsmäßigen Beeinträchtigungen entschädigt.
Die Regierung (R) und der Oberste Generalstab der
Streitkräfte (OGS) versichern den nützlichen Bürgern,
daß der erarbeitete Strafaktionsplan bis zu den äußers-
ten Konsequenzen befolgt wird. Umständegemäß
und weil sich die Devise ‹Wachsamkeit und offene
Hand› als fruchtlos erwiesen hat, wird letztere ersetzt
durch die Order: ‹Wachsamkeit und Angriff›.»

Der Beamte seufzte erleichtert. Nun würde er nicht
mehr die Hand vorzeigen müssen. Neuer Mut erfüllte

ihn. Jener Anflug von Courage, den er eine halbe Stunde zuvor verspürt hatte, verstärkte sich. Und auf der Stelle faßte er zwei Entschlüsse: Er würde aus seiner Wohnung den Feldstecher holen und sich damit aus der Stadt hinaus begeben, zur Ostseite, um die Bombardierung zu beobachten. Er mischte sich in die Gespräche, die gleich nach der Bekanntmachung des Sergeanten einsetzten.

«Eine gute Idee.»

«Ob das zu was führt?»

«Aber sicher, die Regierung (R) schläft nicht. Und als Strafaktion ist nichts besser geeignet.»

«Endlich statuieren sie ein Exempel. Hätten sie schon früher drauf kommen können.»

«Was ist mit Ihrer Hand?»

«Das flüssige Heftpflaster hat versagt, die Wunde hat sich sogar noch vergrößert.»

«Von so einem Fall habe ich auch schon gehört.»

«Ich auch. In den Krankenhäusern soll es ganz schrecklich sein.»

«Wahrscheinlich war ich der erste Fall.»

«Die Regierung (R) wird alle entschädigen.»

«Gute Nacht.»

«Gute Nacht.»

«Gute Nacht.»

«Gute Nacht. Morgen wird es schon besser gehen.»

«Morgen wird es besser gehen. Gute Nacht.»

Der Beamte zog sich zufrieden zurück. Seine Straße lag noch immer im Dunkel, doch das beunruhigte ihn nicht. Der feine, fast unmerkliche Glanz der Sterne genügte zur Orientierung, und weil es hier keine Bäume gab, war es ohnehin nicht gar zu finster. Die Straße hatte sich verändert: Weitere Häuser fehlten. Aber seines nicht. Es stand immer noch da, aber wahrscheinlich fehlten weitere Treppenstufen. Sollte der Fahrstuhl nicht funktionieren, würde er dennoch irgendwie in den zweiten Stock gelangen. Er mußte den Feldstecher haben, wollte sich das Vergnügen, der Bombardierung eines ganzen Stadtteils beizuwohnen, des östlichen Sektors, wie der Sergeant gesagt hatte, nicht entgehen lassen. Er trat über die Schwelle der verschwundenen Eingangstür und befand sich im Leeren. Statt des Gebäudes vom Morgen war da nur noch die Fassade, sozusagen die hohle Schale. Er schaute in die Höhe und sah über sich den Himmel mit den spärlichen Sternen dieser Nacht. Da überkam ihn gewaltiger Zorn. Nicht Angst, ein gewaltiger, heilsamer Zorn. Haß. Eine Mordswut.

Auf der Erde lagen weiße Gestalten, splitternackte Leiber. Er erinnerte sich daran, was er am Morgen im Tabakladen gehört hatte: «Sogar ohne Ringe.» Er trat heran. Ja, er kannte alle diese Toten, es waren Nachbarn. Sie waren lieber daheim geblieben und nun tot. Nackt. Der Beamte legte die Hand auf die Brust einer Frau: sie war noch warm. Wahrscheinlich war hier alles genau in dem Moment verschwunden, als er seine Straße erreicht hatte. Es hatte sich lautlos in Luft aufgelöst, oder mit jenem Ächzen und Krachen, das er hier überall gehört hatte, als er noch im Haus gewesen war. Hätte er nicht der Bekanntmachung des Sergeanten zugehört, wäre er nicht noch dort geblieben, um zu plaudern, läge hier vielleicht noch eine Leiche, seine. Er schaute geradeaus, durch die klaffende Lücke, und da sah er, wie sich weiter vorn ein anderes Gebäude bewegte, wie es rasch an Höhe verlor, gleichsam eine dunkle Papierschablone, das ein unsichtbares Feuer des Himmels abnagte oder verzehrte. In weniger als einer Minute war das Gebäude verschwunden. Und weil dort jetzt ein Loch war, öffnete sich ein freier Blick nach Osten. «Und selbst ohne Feldstecher, ich werde es mir anschauen», murmelte der Beamte, bebend vor Angst und Haß.

Die Stadt war sehr groß. Den Rest der Nacht marschierte der Beamte in Richtung Osten. Es gab keine Gefahr, sich zu verlaufen. Dort wurde der Himmel allmählich heller. Und um sieben Uhr morgens sollte die Bombardierung beginnen. Der Beamte fühlte sich erschöpft und ausgelaugt, aber glücklich. Energisch ballte er die linke Hand zur Faust, schon jetzt genoß er die schreckliche Strafe, die der vierte Teil materieller Struktur dieser Stadt erleiden würde, die dort vorhandenen Dinge, die OUMIs. Er sah Hunderte, ja Tausende von Menschen in jene Richtung streben. Alle hatten den gleichen glücklichen Einfall gehabt. Schon um fünf Uhr war er auf offenem Feld. Er schaute zurück, sah die Stadt mit ihren unregelmäßigen Umrissen, manche Gebäude muteten höher an, weil die angrenzenden Häuser verschwunden waren, es wirkte wie eine Silhouette aus Ruinen, obwohl da ja im Grunde keine Ruinen waren, sondern nur Leerräume. Ihre Geschützrohre auf die Stadt gerichtet, standen Dutzende von Panzern im Halbkreis bereit. Flugzeuge waren noch keine zu sehen. Sie würden pünktlich um sieben Uhr auftauchen, eher brauchte es nicht zu sein. Im Abstand von dreihundert Metern rings um die Geschütze versperrten Soldaten den Menschen den Weg. Der Beamte befand sich mitten in der Menge. Er war wütend. Der Hermarsch hatte ihn erschöpft, er hatte keine Zuhause mehr, zu dem er nach der Bombardierung zurückkehren könnte, und nun sollte es ihm auch noch verwehrt sein, das Schauspiel zu sehen und das süße Gefühl von Vergeltung zu genießen, von Rache. Er schaute sich um. Da waren Leute, die auf Kisten standen. Ein guter Einfall, den er nicht gehabt hatte. Aber dort hinten, vielleicht einen Kilometer weit fort, war eine baumbestandene Hügelkette. Was er an Nähe einbüßte, gewänne er dort durch die Höhe. Das schien ihm eine gute Idee zu sein.

Er bahnte sich den Weg durch die immer spärlicher werdende Menge, schritt durch das weite Feld, das ihn von den Hügeln trennte. Nur wenige Menschen bewegten sich in seine Richtung. Und zu dem Hügel unmittelbar vor ihm kein einziger. Der Himmel war aschig, fast weiß, doch die Sonne war noch nicht aufgegangen. Der Weg führte sacht aufwärts. Die Menge unten wurde immer größer. Zwischen Artillerie und Stadtgrenze wurde nun eine Kette schwerer Maschinengewehre aufgebaut. Wehe den OUMIs, die von dort her kämen. Der Beamte lächelte: Die Bestrafung würde exemplarisch. Er bedauerte es, nicht Soldat zu sein. Welch eine Wonne, in den Handgelenken, und selbst in der verletzten Hand, als ob das von Belang wäre, das Vibrieren der Waffe zu spüren, ausgelöst vom Rückstoß der Explosionen, ein Beben durch den ganzen Körper, das nun nicht von der Angst herrühren würde, sondern von rasender Wut, von Rache. Er spürte all das so intensiv, daß er stehenbleiben mußte. Er erwog umzukehren, um näher am Geschehen zu sein. Doch er würde nie so nahe dran sein, wie er wollte, mitten in der Menge würde er ohnehin kaum etwas sehen, also ging er weiter. Er hatte schon fast die Bäume erreicht. Hier war niemand. Er setzte sich auf den Boden, den Rücken Sträuchern zugewandt, deren Blüten seine Schultern streiften. Von den Flanken der Stadt drängten weiter Menschenströme herbei. Niemand wollte sich dieses Schauspiel entgehen lassen. Wie viele es wohl waren? Hunderttausende. Vielleicht die ganze Stadt. Das Gelände war ein schnell ansteigender schwarzer Fluß, der nun zu den Hügeln und über die Ufer trat. Der Beamte bebte vor Erregung. Dies würde, endlich, ein großer Sieg werden. Es mußte kurz vor sieben sein. Wo war seine Uhr? Er zuckte die Achseln: Er würde sich eine weitaus bessere, pünktlichere Uhr aus edlerem Material zulegen. Von hier aus war die Stadt nicht wiederzuerkennen. Doch alles würde zu seiner Zeit neu erstehen. Jetzt erst einmal die Bestrafung.

In diesem Augenblick vernahm er Stimmen hinter seinem Rücken. Die Stimme eines Mannes und die Stimme einer Frau. Was sie sagten, konnte er nicht verstehen. Vielleicht ein Liebespärchen, vom bevorstehenden Bombardement erregt. Doch die Stimmen wirkten ruhig. Und da sagte der Mann plötzlich klar vernehmlich:

«Warten wir noch ein bißchen.»

Und die Frau:

«Bis zum letzten Augenblick.»

Der Beamte spürte, wie ihm die Haare zu Berge standen. Die OUMIs. Bang schaute er in die Ebene hinunter. Er sah die Leute näher kommen, ein schwarzes Ameisengewimmel, doch der Ruhm sollte ihm gehören, er würde sich Vorrang erkämpfen. Lautlos schritt er um das Gebüsch herum, dann schlich, ja kroch er fast bis hinter eine Gruppe dicht stehender Bäume. Er wartete etwas, richtete sich endlich auf, langsam, und spähte. Der Mann und die Frau waren nackt. Ähnliche Leiber hatte er in der vergangenen Nacht bereits gesehen, aber diese hier lebten. Er traute kaum seinen Augen, er wollte, daß es sieben Uhr wurde und die Bombardierung begann. Zwischen den Zweigen hindurchspähend, sah er die rasch sich nähernden Stadtbewohner. Vielleicht waren sie schon in Rufweite. Er schrie:

«Hierher, schnell! Hier sind OUMIs!»

Der Mann und die Frau drehten sich ruckartig um und kamen dann auf ihn zugerannt. Sonst hatte ihn niemand gehört, und zu einem weiteren Schrei war es zu spät. Er fühlte die Hände des Mannes um seinen Hals und die pressenden Hände der Frau auf seinem Mund. Er hatte gerade noch sehen können (und wußte es ja auch), daß die Hände, die ihn töten würden, keinen Buchstaben trugen, unversehrt waren, die Haut natürlich glatt.

Das nackte Paar zerrte den Körper in den Wald hinein. Weitere Männer und Frauen, auch sie nackt, tauchten auf und umringten den Leichnam. Als sie sich entfernten, lag der Körper weiterhin da, nun auch

er splitternackt. Sogar ohne Ringe, falls er welche be-
sessen hatte. Und ohne den Verband. Aus der Wunde
auf dem Handrücken floß ein bißchen Blut, das ge-
rann und sofort zu trocknen begann.

Zwischen Wald und Stadt war schon kein freier
Raum mehr. Die gesamte Einwohnerschaft war gekommen, um dieser großen militärischen Strafaktion
beizuwohnen. Aus der Ferne kam ein Brummen: Die
Flugzeuge näherten sich. Die noch intakten Uhren
waren kurz davor, die siebente Stunde zu schlagen
oder sie stumm auf dem Zifferblatt anzuzeigen. Der
die Artillerie kommandierende Offizier hielt das Mikrofon bereit, um Feuerbefehl zu geben. Hunderttausende von Menschen, vielleicht sogar eine Million,
verharrten in atemloser Spannung. Doch kein Schuß
fiel. Als der Offizier «Feuer» rufen wollte, entwich das
Mikrofon seinen Händen. Unerklärlicherweise drehten die Flugzeuge eine enge Schleife und flogen zurück. Dies war lediglich das erste Signal. Lautlose
Stille breitete sich über der Ebene aus. Und jäh verschwand die Stadt. An ihrer Stelle, so weit das Auge
reichte, tauchte eine andere Menschenmenge aus
dem, was die Stadt gewesen war, hervor. Die Artillerie-
geschütze waren fort und auch die anderen Waffen,
und die Militärs standen nackt da, umringt von jenen
Männern und Frauen, die zuvor Kleidung und Waffen
gewesen waren. Im Mittelpunkt der riesige dunkle
Fleck von Stadtbewohnern. Doch auch er verwandelte
sich im nächsten Augenblick und verfielfältigte sich.
Als die Sonne aufging, wurde es über der Ebene plötzlich hell.

Und da traten aus dem Wald all die Männer und Frauen hervor, die sich dort seit Beginn des Aufruhrs versteckt hatten, seit dem Verschwinden der ersten OUMIs. Und einer von ihnen sagte:

«Nun gilt es, alles neu aufzubauen.»

Und eine Frau sagte:

«Ein anderes Mittel blieb uns nicht, als wir die Dinge waren. Es wird nicht mehr geschehen, daß Menschen an die Stelle von Dingen gesetzt werden.»

Zentaur

*D*as Pferd blieb stehen. Die unbeschlagenen Hufe versuchten auf den runden, rutschigen Steinen des fast trockenen Flußbetts Halt zu finden. Mit großer Vorsicht bog der Mann die Dornenzweige zur Seite, die ihm die Aussicht auf die Ebene versperrten. Der Morgen dämmerte bereits. In der Ferne, dort, wo das Gelände anstieg, zunächst zu einem sanften Hang, wie er sich zu erinnern glaubte, davon ausgehend, daß diese Gegend genau so war wie der Paß weiter nördlich, über den er abgestiegen war, und dann unverhofft von einem basaltenen Bergrücken zerrissen wurde, der wie eine senkrechte Wand aufragte, standen vereinzelte Häuser, unglaublich klein aus der Ferne, als breiteten sie sich am Boden aus, und es blinkten Lichter wie funkelnde Sterne. Der Berg, der den gesamten Horizont auf dieser Seite verdeckte, war von einer hellen Linie umrahmt, als habe ein feiner Pinselstrich die Höhen nachgezeichnet und die Farbe ergieße sich allmählich, feucht, den Abhang hinab. Von dort würde die Sonne kommen. Aufgrund einer unvorsichtigen Bewegung des Mannes schnellten die Zweige zurück und kratzten ihn: Er stöhnte und steckte sich den blutenden Finger in den Mund. Zurückweichend schlug das Pferd aus, fegte mit dem Schweif über die hohen Gräser, die am Ufer den Rest Feuchtigkeit aufsaugten, der sich im Schatten der herabhängenden Zweige, um diese Zeit ein dunkler Vorhang, noch erhalten hatte. Der Fluß war nicht mehr als ein feines Rinnsal, das sich in der tiefsten Furche des Flußbettes zwischen Steinen hindurchschlängelte, ab und zu sumpfige Pfützen bildend, in denen noch ein paar verschreckte Fische lebten. Eine Feuchtigkeit, die Regen, Unwetter verhieß, lag in der Luft, wahrscheinlich nicht heute, wohl aber in den kommenden Tagen, nachdem drei Sonnen vergangen waren, oder im Verlauf des nächsten Mondes. Nach und nach wurde der Himmel heller. Es war Zeit, sich ein Versteck zu suchen, um zu ruhen und zu schlafen.

Das Pferd hatte Durst. Es näherte sich dem Wasserlauf, der unter dem Gewölbe der Nacht stillzustehen schien, und als die Vorderhufe in die flüssige Kühle eintauchten, legte es sich hin, auf die Seite. Der Mann, die Schulter im rauhen Sand, trank ausgiebig, obwohl er keinen Durst verspürte. Über dem Mann und dem Pferd rollte sich allmählich der noch dunkle Teil des Himmels hoch, ein blasses Licht nach sich ziehend, das vorläufig noch gelb war, eine erste diffuse und trügerische Andeutung des Karmins und des Rots, die wenig später über den Gipfeln explodieren würden, wie er es schon auf so vielen Bergen oder am Fuße derselben an ganz anderen Orten hatte beobachten können. Das Pferd und der Mann erhoben sich. Vor ihnen die dichte Barriere der Bäume, schützende Dornenhecken zwischen den Stämmen. Oben in den Zweigen zwitscherten schon die Vögel. Das Pferd durchquerte in unsicherem Trab das Flußbett und

schickte sich an, direkt in das Pflanzengestrüpp einzu-
dringen, doch der Mann wollte lieber einen leichteren
Weg nehmen. Mit der Zeit – und es hatte lange Zeit
gedauert – hatte er gelernt, die Ungeduld des Tieres zu
beherrschen, mal, indem er dagegen ankämpfte mit
einer Gewalt, die ausbrach und sich in seinem Kopf
fortsetzte oder, wer weiß, an einer anderen Stelle seines Körpers, wo die Befehle eben dieses Kopfes zusam-
menstießen mit den dunklen Instinkten, die vielleicht
zwischen seinen Flanken, wo die Haut schwarz war,
lauerten; dann wieder gab er nach, unbesonnen, hatte
andere Dinge im Sinn, Dinge, die ohne Zweifel zu der
körperlichen Welt gehörten, in der er lebte, nicht aber
zu dieser Zeit. Das Pferd war erschöpft und deswegen
nervös: Seine Muskeln zuckten, als wollte es eine hart-
näckige, blutrünstige Bremse verscheuchen, es tän-
zelte unruhig auf der Stelle und verausgabte sich
dadurch unnötigerweise noch mehr. Es wäre unklug,
sich durch das Dornengeflecht zu kämpfen. Das weiße
Fell des Pferdes war narbenzerfurcht. Eine schon
recht alte Narbe bildete auf seinem Rücken eine breite,
schräge Spur. Wenn die Sonnenstrahlen senkrecht
darauf brannten oder wenn sich das Fell vor Kälte zu-
sammenzog und sträubte, dann meinte es, an dieser
empfindlichen und ungeschützten Stelle den brennen-
den Hieb eines Schwerts zu spüren. Obgleich der
Mann nur allzugut wußte, daß es nichts weiter als eine
etwas größere Narbe war, drehte er sich dann um und
sah nach hinten, als würde gleich die Welt untergehen.
    Nicht weit von da, zur Mündung hin, wich das Fluß-
ufer ins Innere des Feldes zurück: anscheinend hatte

sich dort Wasser gesammelt, oder es handelte sich um einen Nebenfluß, genauso trocken oder noch trockener als dieser. Der Boden war lehmig, mit wenigen Steinen durchsetzt. Um diese Art Tasche herum, die sich schließlich als einfacher Flußarm erwies, dessen Wasserspiegel entsprechend dem des Hauptstroms stieg und fiel, standen hohe Bäume, die finster in der nur langsam von der Erde weichenden Dunkelheit aufragten. Falls der Vorhang aus Stämmen und herabhängenden Ästen ihn genügend abschirmen würde, wollte er hier den Tag verbringen, ein gutes Versteck, bis er bei Anbruch der Nacht seinen Weg fortsetzte. Er schob das kühle Blattwerk auseinander, und mit einem kräftigen Satz nahm das Pferd Anlauf und galoppierte die Böschung hinauf, im Schutz der Dunkelheit, den die dichten Baumkronen an dieser Stelle boten. Unmittelbar danach ging es wieder abwärts, zu einem Graben hin, der weiter vorn wahrscheinlich das offene Feld durchquerte. Er hatte ein gutes Schlupfloch entdeckt, um sich Ruhe und Schlaf zu gönnen. Zwischen Fluß und Gebirge erstreckten sich Äcker, bestellte Felder, doch dieser tiefe, schmale Graben war nur schwer zu passieren. Er tat noch ein paar Schritte, nun jegliches Geräusch vermeidend. Die Vögel blickten erschrocken auf. Er sah nach oben: die Spitzen der Zweige leuchteten hell. Das Licht fiel jetzt von der Bergseite her schräg auf die obersten Blätter. Die Vögel begannen zu zwitschern. Nach und nach senkte sich das Licht tiefer, grün schillernder Staub, allmählich in Rosa und Weiß übergehend, feiner, unbeständiger Nebel der Morgenröte. Die im Gegenlicht tiefschwarzen Bäume sahen aus wie Schablonen, als wären sie aus dem, was von der Nacht übrig war, ausgeschnitten und auf eine durchsichtige Folie, die in das Tal hinabtauchte, geklebt worden. Der Boden war mit Pfeilkraut bedeckt. Ein guter Platz, um den Tag zu verschlafen, ein ruhiges Refugium.

Von der Müdigkeit der Jahrhunderte und Jahrtausende übermannt, knickte das Pferd auf den Vorderbeinen ein. Eine für beide bequeme Schlafstellung zu finden, war stets ein schwieriges Unterfangen. Meistens legte sich das Pferd auf die Seite, und der Mann ruhte ebenfalls in dieser Stellung. Doch während das schlafende Pferd reglos in dieser Position verharrte, mußte der Mann, um zu vermeiden, daß ihm die Schulter und die ganze Seite des Oberkörpers, auf der er lag, einschliefen, den Widerstand des großen, schlafenden Körpers überwinden, damit er sich umdrehen konnte: es war immer ein unruhiger Schlaf. Was das Schlafen im Stehen betraf, so war das Pferd dazu fähig, nicht aber der Mann. Und wenn das Versteck zu eng war, wurde eine Stellungsänderung schlichtweg unmöglich, und das Verlangen danach löste Seelenqualen aus. Dieser Körper war alles andere als bequem. Der Mann konnte sich nie bäuchlings auf die Erde legen, die Arme unter dem Kinn verschränken, um die Ameisen oder die Erdkrumen oder die Helligkeit eines zarten Stengels zu betrachten, der aus dem bräunlichen Humus sproß. Und um den Himmel zu sehen, mußte er sich fast den Hals verrenken, es sei denn das Pferd bäumte sich auf, so daß der Mann oben seinen Kopf in den Nacken legen konnte: dann gelang es ihm sogar, das große Zelt mit den Sternen der Nacht zu überschauen, die sich am Himmel auftürmenden, treibenden Wolken oder die blaue Glocke mit der Sonne, letztes Relikt des ursprünglichen Feuers.

Das Pferd schlief auf der Stelle ein. Die Hufe ins Pfeilkraut gestreckt, den Schweif auf dem Boden ausgebreitet, atmete es tief und regelmäßig. Etwas schief, die rechte Schulter an die Wand des Grabens gelehnt, riß der Mann ein paar Zweige ab und deckte sich damit zu. Wenn er in Bewegung war, konnte er Kälte und Hitze gut vertragen, wenn auch längst nicht so gut wie das Pferd. Doch wenn er ruhig dalag und eingeschlafen war, kühlte sein Körper schnell aus. Jetzt, zumindest solange die Sonne die Luft noch nicht aufheizte, würde er sich wohl fühlen unter den kühlen Zweigen. Im Liegen sah er, daß das Laubdach nicht ganz geschlossen war: ein unregelmäßiges, hellblaues Band schimmerte durch die Spitzen der Blätter, das hin und wieder quer oder längs von Vögeln in schnellem Flug durchkreuzt wurde. Bald fielen ihm die Augen zu. Der harzige Duft abgerissener Zweige bereitete ihm ein leichtes Schwindelgefühl. Er bedeckte sein Gesicht mit einem dicht belaubten Zweig und schlief ein. Niemals träumte er, wie ein Mann träumt. Aber er träumte auch nie, wie vielleicht ein Pferd träumt. Während der Stunden, in denen sie wach waren, hielten sich die Momente des Friedens oder der schlichten Übereinstimmung in Grenzen. Doch der Traum des einen und der Traum des anderen ergaben zusammen den Traum des Zentaurs.

Es handelte sich um das letzte überlebende Exemplar der alten Spezies der Halb-Pferd-halb-Mensch-Wesen. Der Zentaur hatte im Krieg gegen die Lapithen gekämpft, seine erste und der Gattung größte Niederlage. Zusammen mit den Seinen, besiegt, war er in Berge geflohen, deren Namen er vergessen hatte. Bis der verhängnisvolle Tag kam, an dem Herakles, von den Göttern beschützt, seine Brüder vernichtete, und er selbst nur entkam, weil er durch den langwährenden Kampf zwischen Herakles und Nessos Zeit gewonnen hatte, im Wald Zuflucht zu finden. Es war die Zeit, die für die Zentauren das Ende bedeutete. Doch im Widerspruch zu dem, was die Geschichtsschreiber und Mythologen behaupteten, hatte einer überlebt, dieser eine eben, der mit ansehen mußte, wie Herakles in seiner schrecklichen Umarmung Nessos die Knochen brach und dann den leblosen Körper über den Boden schleifte, wie Achilleus es mit Hektor tun würde, derweil ein Lobgesang auf die Götter ertönte, weil die wunderbare Rasse der Zentauren besiegt und ausgerottet war. Vielleicht waren es dieselben Götter, die reumütig dem versteckten Zentaur halfen, die den Augen und der Erkenntnis Herakles' das Licht versagten, mit welch geheimnisvoller Absicht auch immer.

Tag für Tag kämpfte der Zentaur im Traum gegen Herakles und besiegte ihn. In der Mitte eines Kreises, den die Götter jedesmal auf Geheiß seines Traumes um ihn bildeten, kämpfte er Arm um Arm, Leib um Leib, entwand seinen schweißgebadeten Rücken dem Sprung, zu dem der gerissene Feind ansetzte, entging dem Seil, das ihm zwischen die Beine schnellte und ihn zwang, von vorne anzugreifen. Sein Gesicht, die

Arme und die Brust schwitzten, wie ein Mensch schwitzt. Der Pferdeleib war über und über mit Schaum bedeckt. Dieser immergleiche Traum wiederholte sich seit Tausenden von Jahren, und stets war der Ausgang derselbe: Er rächte an Herakles den Tod Nessos', in seinen Armen und in seinem Oberkörper sammelte sich die ganze Kraft des Mannes und des Pferdes: sich auf seinen vier Beinen aufpflanzend, als wären es in die Erde gerammte Pflöcke, hob er Herakles in die Luft und drückte zu, drückte so lange, bis er hörte, wie die erste Rippe brach, dann die zweite und schließlich das Rückgrat. Herakles sank zu Boden wie ein Lappen, tot, und die Götter applaudierten. Es gab keinen Preis für den Sieger. Die Götter erhoben sich von ihren goldenen Stühlen und entfernten sich, der Kreis öffnete sich immer mehr, bis sie am Horizont verschwanden. Aus der Tür, durch die Aphrodite in den Himmel stieg, erschien immer ein großer Stern, der funkelte.

Seit Tausenden von Jahren zog er durch die Welt. Und lange Zeit, solange die Welt sich nicht änderte, konnte auch er, diese rätselhafte Gestalt, sich bei Tageslicht sehen lassen. Wenn er vorbeikam, näherten sich die Menschen seinem Weg und warfen Blumenketten über seine Lenden, oder sie flochten Blütenkränze, mit denen er sein Haupt zierte. Es gab Mütter, die ihm ihre Kinder hinhielten, damit er sie in die Lüfte schwang und sie die Angst vor den Höhen verlören. Und an allen Orten fand eine geheimnisvolle Zeremonie statt: In einem Kreis aus Bäumen, die für die Götter standen, schlüpften impotente Männer und kinderlose Frauen unter dem Bauch des Pferdes hindurch: es hieß, daß so die Fruchtbarkeit erhöht und die Manneskraft erneuert werde. Ab und zu wurde dem Zentaur eine Stute gebracht, dann zogen sich die Menschen in ihre Häuser zurück: doch eines Tages sah einer, der für seine Freveltat mit dem Augenlicht bezahlen mußte, wie der Zentaur die Stute wie ein Hengst besprang und anschließend weinte wie ein Mensch. Aus diesen Vereinigungen ging niemals eine Frucht hervor.

Dann kam die Zeit der Ablehnung. In der veränderten Welt wurde der Zentaur verfolgt, gezwungen, sich zu verbergen. Den anderen Fabelwesen erging es ebenso: dem Einhorn, den Chimären, den Werwölfen, den Menschen mit den Ziegenfüßen, den Ameisen, die größer waren als Füchse, aber kleiner als Hunde. Zehn Menschengenerationen lang lebte dieses buntgemischte Völkchen vereint in verlassenen Gegenden. Doch mit der Zeit wurde das Leben auch dort für sie unmöglich, sie trennten sich und zerstreuten sich in alle Winde. Einige von ihnen, wie das Einhorn, starben aus; die Chimären paarten sich mit den Spitzmäusen, und so entstanden die Fledermäuse; die Werwölfe schlichen sich in die Städte und Dörfer ein, doch nur in gewissen Nächten sucht sie ihr Schicksal heim. Die Menschen mit den Ziegenfüßen sind ebenfalls ausgestorben, und die Ameisen büßten nach und nach ihre Größe ein und heute ist niemand mehr in der Lage, sie von ihren Schwestern zu unterscheiden, die schon immer klein waren. Am Ende blieb nur noch der Zentaur übrig. Jahrtausendelang irrte er nur von den

Ozeanen behindert durch sämtliche Länder. Doch immer machte er einen großen Bogen, wenn er spürte, daß die Grenzen seines Herkunftslandes nicht mehr fern waren. Die Zeit verging. Schließlich gab es keinen Landstrich mehr, wo er in Sicherheit hätte leben können. Da fing er an, am Tag zu schlafen und des Nachts weiterzulaufen. Laufen und Schlafen. Schlafen und Laufen. Ohne einen triftigen Grund, nur weil er Hufe hatte oder die Müdigkeit ihn überfiel. Er konnte darauf verzichten, zu essen. Aber der Schlaf war notwendig, damit er träumen konnte. Und das Wasser einfach nur, weil es Wasser war.

Tausende von Jahren müßten Tausende von Abenteuern bedeuten. Aber ein einziges unvergeßliches Abenteuer ist auch durch Tausende anderer Abenteuer nicht aufzuwiegen. Und so waren alle zusammen nicht mehr wert als jenes, als er, bereits in diesem letzten Jahrtausend, inmitten eines verlassenen Landstrichs auf einen Mann mit Lanze und Rüstung traf, der auf einem spindeldürren Pferd daherritt und gegen ein Heer von Windmühlen ankämpfte. Er sah, daß der Mann in die Luft geschleudert wurde und ein anderer, nicht besonders großer, dicker Mann ihm zurief und ihm auf einem Esel zu Hilfe eilte. Er hörte, daß sie sich einer Sprache bedienten, die er nicht verstand, und beobachtete dann, wie sie sich entfernten, der verletzte dünne Mann und der jammernde Dicke, das hinkende dürre Pferd und der gleichmütige Esel. Er erwog, ihnen zu folgen, um ihnen zu helfen, doch als sein Blick erneut auf die Windmühlen fiel, galoppierte er darauf zu, und als er vor der ersten stand, beschloß er, den Mann, der vom Pferd geschleudert worden war, zu rächen. In seiner eigenen Sprache schrie er: «Selbst wenn du mehr Arme als der Gigant von Briareus hast, dir zahl ich es heim.» Am Ende waren die Flügel sämtlicher Windmühlen zerfetzt, und der Zentaur wurde verfolgt bis an die Grenze eines anderen Landes. Er stürmte über brachliegende Felder und gelangte ans Meer. Dort kehrte er wieder um.

Jeder Zentaur schläft. Der ganze Körper schläft. Schon hat der Traum begonnen, und während er zerrinnt, galoppiert das Pferd bereits im Herzen eines uralten Tages, damit der Mann sehen kann, wie die Berge vorbeieilen, als hätten sie Beine, oder ihre Höhen erklimmen, um das brausende Meer mit den vereinzelten dunklen Inseln zu betrachten, um die herum sich die Schaumkronen brechen, als würden sie in diesem Augenblick aus der Tiefe geboren und drängten verwundert an die Oberfläche. Doch dies ist kein Traum. Vom flachen Land her kommt aus der Ferne ein salziger Duft. Begierig weiten sich die Nasenflügel des Mannes, und er streckt die Arme in die Höhe, während das Pferd unruhig mit den Hufen auf die spitz hervorragenden Marmorsteine stampft. Die Blätter, die das Gesicht des Mannes bedecken, sind bereits verwelkt und verrutschen. Senkrechte Sonnenstrahlen bedecken den Zentaur mit lichten Flecken. Es ist nicht alt, das Gesicht des Mannes. Jung auch nicht, zumal die Zeit in Jahrtausenden gerechnet wird. Es ist am ehesten mit einer antiken Statue zu vergleichen: Die Jahre haben es abgenutzt, nicht so sehr, daß die Züge verwittert wären, doch gerade genug, um sie zu verwischen.

Ein kleiner schillernder See blitzt auf seiner Haut, rinnt langsam zu den Mundwinkeln, verbrennt sie. Auf einmal schlägt der Mann die Augen auf, genau so wie eine Statue es täte. Durch das Gras entfernt sich schlingernd eine Schlange. Der Mann führt die Hand an den Mund, er spürt die Sonne. In diesem Augenblick gerät der Schweif des Pferdes in Bewegung, fegt über seinen Rücken und verscheucht eine Bremse, die sich auf der dünnen Haut der großen Narbe niedergelassen hatte. Schnell erhebt sich das Pferd, und der Mann schließt sich an. Die Hälfte des Tages dürfte vorbei sein, noch einmal so viele Stunden wird es dauern, bis der erste Schatten der Nacht herabsinkt, doch mit dem Schlafen ist es vorbei. Das Meer, das kein Traum war, rauscht noch in des Mannes Ohren, aber vielleicht ist es auch gar nicht das Rauschen des Wassers, sondern der mit den Augen aufgesogene Wellengang, von seinem Blick verwandelt in Schallwellen, die auf dem Wasser heranrollen, durch felsige Schluchten aufsteigen bis zur Sonne in einen Himmel aus wäßrigem Blau.

Es muß ganz in der Nähe sein. Der Graben, dem er folgt, ist kein wesentliches Hindernis, ist des Menschen Werk und Weg, der zu ihm führt. Doch er verläuft in Richtung Süden, und das ist es, worauf es jetzt ankommt. Er wird diese Richtung beibehalten, so lange es irgend möglich ist, auch wenn es hell ist, auch wenn die Sonne das ganze Tal überflutet und alles schonungslos offenbart, Mann wie Pferd. Noch einmal hatte er Herakles im Traum vor den Augen der unsterblichen Götter besiegt, doch am Ende des Kampfes war Zeus gen Süden entschwunden, und nun flogen die Berge vorbei, und von dem höchsten Gipfel aus, wo weiße Säulen standen, waren die Inseln zu sehen, umsäumt von Schaumkronen. Die Grenze ist nahe, und Zeus hat sich gen Süden gewandt.

Während er durch den schmalen, tiefen Graben eilt, kann der Mann auf beiden Seiten die Felder überblicken. Es sieht aus, als würde hier nichts mehr angebaut. Er hat vergessen, wo die Ortschaft liegt, die er im Morgengrauen gesehen hat. Der felsige Bergkamm wirkt höher, doch vielleicht ist er nur näher gerückt. Die Hufe des Pferdes versinken im weichen Boden, der allmählich ansteigt. Die Brust des Mannes ragt ganz über den Graben hinaus, der Baumbewuchs ist jetzt spärlicher, und plötzlich, als er die Felder hinter sich gelassen hat, ist der Graben zu Ende. Mit einem Sprung nimmt das Pferd die letzte steile Böschung, und der Zentaur erscheint in voller Größe, am hellichten Tag. Die Sonne steht zu seiner Rechten und sticht auf seine Narbe, die, gereizt, zu brennen beginnt. Der Mann dreht sich um, seiner Gewohnheit entsprechend. Die Luft ist schwül und feucht. Was nicht heißt, daß das Meer schon in greifbarer Nähe ist. Die Feuchtigkeit bedeutet Regen und dieser unverhoffte Windstoß ebenso. Im Norden türmt sich eine Wolkenwand auf.

Der Mann zögert. Viele Jahre hat er es vermieden, sich ohne den Schutz der Nacht frei in der Natur zu bewegen. Doch heute verspürt er dieselbe Unruhe wie das Pferd. Er dringt in das Gebüsch ein, wo es stark nach wilden Blüten duftet. Die Ebene hat er hinter sich gelassen, die Landschaft ist nun hügelig und verdeckt den Horizont oder läßt ihn weiter in die Ferne rücken, denn die Erhebungen sind bereits recht große Hügel, und weiter vorn ragt eine hohe Felswand auf. Hier und da wachsen Sträucher, und der Zentaur fühlt sich etwas sicherer. Er hat großen Durst, doch in dieser Gegend gibt es keinerlei Anzeichen von Wasser. Der Mann sieht sich um und stellt fest, daß bereits der halbe Himmel verhangen ist. Die Sonne beleuchtet die Ränder einer großen, grauen Regenwolke, die immer näher rückt.

Just in diesem Augenblick ertönt das Bellen eines Hundes. Das Pferd zittert nervös. Der Zentaur prescht im Galopp zwischen zwei Hügeln hindurch, doch der Mann verliert nicht die Nerven: immer weiter in Richtung Süden. Das Bellen kam jetzt näher, und er hörte auch Glockengebimmel und dann eine Stimme, die auf die Tiere einredete. Der Zentaur blieb stehen, um sich zu orientieren, aber das Echo führte ihn in die Irre, und plötzlich tauchte in einem unerwartet flachen, feuchten Landstreifen eine Ziegenherde auf, bewacht von einem riesigen Hund. Der Zentaur hielt inne. Einige der Narben, die seinen Rücken zeichneten, verdankte er den Hunden. Der Ziegenhirt stieß einen erschrockenen Schrei aus und rannte los wie ein Besessener. Laut rief er um Hilfe: in der Nähe mußte eine Ortschaft liegen. Der Mann siegte über das Pferd und strebte vorwärts. Er riß einen dicken Zweig von einem Ast ab, um sich den Hund vom Leibe zu halten, der vor lauter Bellen, aggressiv und verängstigt zugleich, kaum noch Luft bekam. Doch seine Angriffslust gewann die Oberhand: Wie der Blitz schoß er hinter den Steinen hervor und versuchte, den Zentauren an den Flanken oder an der Brust zu packen. Der Mann wollte sich umdrehen, sehen, woher die Gefahr drohte, doch das Pferd kam ihm zuvor und holte, indem es sich blitzschnell auf den Vorderbeinen drehte, zu einem gewaltigen Tritt aus, der den Hund in der Luft erwischte. Das Tier schlug auf den Steinen auf, tot. Es war nicht das erste Mal, daß der Zentaur sich so verteidigte, doch immer wieder fühlte sich der Mann gedemütigt. Er verspürte in seinem eigenen Körper die Auswirkungen der angespannten Muskeln, der geballten Kraft, hörte den dumpfen Schlag der Hufe, doch er kehrte der Schlacht den Rücken zu, war nicht wirklich Teilnehmer, sondern höchstens Zuschauer.

Die Sonne hatte sich versteckt. Die Luft wurde schlagartig kühler und die Feuchtigkeit nahezu greifbar. Als der Zentaur durch einen kleinen Bach watete, erblickte er bebaute Felder, und während er noch versuchte, sich ein Bild zu machen, kam er an eine Mauer. Zur anderen Seite hin standen ein paar Häuser. Da fiel der Schuß. Er spürte, wie der Pferdeleib zuckte und sich unter dem stechenden Schmerz krümmte, als würde er von einem Bienenschwarm angegriffen. Menschen schrieen, dann fiel abermals ein Schuß. Auf der linken Seite das Knacken brechender Zweige, doch diesmal traf ihn keine Schrotladung. Er setzte zurück, um sein Gleichgewicht wiederzufinden, und sprang mit einem Satz über die Mauer. Sie flogen darüber: der Mann und das Pferd, der Zentaur, vier gestreckte oder gebeugte Beine, zwei Arme, zum Himmel gereckt, der oben noch blau war. Weitere Schüsse waren zu hören, und dann die hastigen Schritte der Männer, die ihm querfeldein nachjagten, und das Bellen der Hunde.

Sein Körper war über und über mit Schweiß und Schaum bedeckt. Einen Augenblick blieb er stehen, um sich zu orientieren. Die Umgebung wurde ebenfalls zum Zuschauer, als habe sie die Ohren gespitzt und lausche. Dann fielen die ersten dicken Regentropfen. Doch die Verfolgung ging weiter. Die Hunde nahmen die fremde Fährte auf, unverkennbar die Spur eines Todfeindes: eine Mischung aus Mensch und Pferd, mit diesen mörderischen Hufen. Der Zentaur stürmte weiter, immer weiter, ohne anzuhalten, bis er merkte, daß die Schreie sich anders anhörten und das Kläffen irgendwie schon enttäuscht klang. Er warf einen Blick zurück. Die Männer waren in beachtlicher Entfernung stehengeblieben, er vernahm die Drohungen, die sie ausstießen. Die Hunde, die nach vorne geprescht waren, kehrten jetzt zu ihren Besitzern zurück. Keiner wagte sich vor. Der Zentaur hatte lange genug gelebt, um zu erkennen, daß dies eine Grenze war, eine Barriere. Die Männer hielten ihre Hunde zurück und wagten nicht, auf ihn zu schießen: nur ein einzelner Schuß wurde noch abgefeuert, doch so weit weg, daß er nicht einmal hörte, wie die Kugel einschlug. Er war gerettet, im strömenden Regen, der tiefe Gräben zwischen den Steinen aufriß, in diesem Land, in dem er geboren war. Erneut wandte er sich gen Süden. Sein weißes Fell war völlig naß vom Regenwasser, das den Schaum, das Blut und den Schweiß und all den alten

Dreck abwusch. Er kehrte zurück, uralt, voller Narben, doch reingewaschen.

Auf einmal hörte der Regen auf. Kurz danach war der Himmel wieder klar, und die Sonne schien senkrecht auf die nasse, kochende Erde, von der nun Dampfwolken aufstiegen. Der Zentaur trabte dahin, als ginge seine Reise über weichen, trügerischen Schnee. Er wußte nicht, wo das Meer lag, jetzt war er jedenfalls im Gebirge. Er fühlte sich stark. Seinen Durst hatte er mit Regenwasser gestillt, indem er den Mund öffnete und nach oben richtete, in großen Zügen sich labend, während das Wasser an seinem Hals und an seiner Brust herunterlief, glitzernd. Und nun stieg er auf der Südseite den Berg wieder hinab, Schritt für Schritt, die großen, übereinandergehäuften Felsbrocken, die sich gegenseitig stützten, umgehend. Der Mann hielt sich an den vorstehenden Kanten fest, betastete mit den Fingern das weiche Moos, die derben Flechten und die urige Rauheit des Gesteins. Am Fuße des Berges war ein langgestrecktes Tal, das von oben schmal aussah, eine Täuschung. Darin waren, weit entfernt voneinander, drei Ortschaften zu sehen, die größte in der Mitte, und jenseits davon erstreckte sich der Süden. Wenn er das Tal geradeaus durchmaß, mußte sein Weg unweit dieses Ortes vorbeiführen. Sollte er es wagen? Er dachte an die Verfolgungsjagd, an die Schreie und Schüsse, an jene Männer hinter der Grenze. An den unverständlichen Haß. Dies war sein Land, doch wer waren die Menschen, die darin lebten? Der Zentaur setzte seinen Abstieg fort. Der Tag war noch lange nicht zu Ende. Vor Erschöpfung setzte das Pferd seine Hufe behutsam auf den Boden, und der Mann dachte, bevor er sich auf das Abenteuer einließe, das Tal zu durchqueren, würde ihm eine Ruhepause guttun. Seine Überlegungen führten zu dem Entschluß, die Nacht abzuwarten, sich zunächst einen sicheren Schlafplatz zu suchen, um für den langen Weg, den er bis zum Meer noch vor sich hatte, genügend Kräfte zu sammeln.

Immer langsamer wurde der Abstieg. Und als er endlich beschloß, zwischen zwei Steinen haltzumachen, entdeckte er den Eingang zu einer Höhle, hoch genug, damit er ganz darin Platz fand, sowohl Mann als auch Pferd. Sich mit Hilfe der Arme hineinzwängend, behutsam nachhelfend mit den von den stahlharten Steinen abgewetzten Hufen, zwängte er sich hinein. Die Höhle war nicht sehr tief, es führten auch keine Nebenhöhlen in den Berg hinein, doch es war ausreichend Platz vorhanden, um sich bequem darin zu bewegen. Der Mann lehnte sich mit den Unterarmen gegen die Felswände und bettete seinen Kopf darauf. Tief atmete er ein und wieder aus, versuchte, das Schnaufen des geängstigten Pferdes mit seinem Rhythmus zu besänftigen. Der Schweiß rann ihm in Strömen übers Gesicht. Das Pferd ließ sich, die Vorderbeine zuerst, auf den sandigen Boden fallen. Im Liegen oder wie sonst auf dem Pferdeleib thronend, konnte der Mann nichts von dem Tal sehen. Der Ausgang der Höhle gab nur den Blick auf den blauen Himmel frei. Irgendwo unten tropfte es in langen, regelmäßigen Abständen, ein Echo erschallte, wie in einer Zisterne. Tiefer Frieden erfüllte die Grotte. Mit einem der beiden Arme nach hinten langend, striegelte der Mann das Fell des Pferdes, seine eigene veränderte Haut oder die Haut, die an ihm zu Fell wurde. Das Pferd erbebte vor Wohlbehagen, alle Muskeln entspannten sich, und der Schlaf nahm von dem großen Körper Besitz. Der Mann ließ die Hand sinken, sie glitt hinab und blieb ruhig auf dem trockenen Sand liegen.

Die Strahlen der untergehenden Sonne erleuchteten die Höhle. Der Zentaur träumte weder von Herakles noch vom Kreis der sitzenden Götter. Auch die überwältigende Vision der aufs Meer hinausgehenden Berge, der schäumenden Inseln, der unendlich fließenden und rauschenden Weite wiederholte sich nicht. Da war nur eine dunkle oder auch nur farblose, trübe, unüberwindliche Wand. Inzwischen erreichten die Sonnenstrahlen die letzte Tiefe der Höhle, ließen sämtliche Kristalle des Gesteins aufblitzen, verwandelten einen jeden Wassertropfen in eine rote Perle, die sich, nicht bevor sie bis ins Unermeßliche angeschwollen war, von der Decke löste und dann eine drei Meter lange Feuerspur hinterließ, um schließlich in der Tiefe eines kleinen, bereits dunklen Brunnens zu versinken. Der Zentaur schlief. Das Blau des Himmels erblaßte, der Äther war erfüllt von den tausend Farben des Schmiedefeuers, und das Abendrot schleifte langsam die Nacht hinter sich her, wie einen müden Körper, der seinerseits im Begriff war, in Schlaf zu sinken. Im Dunkel war die Höhle ungeheuer groß, und die Tropfen fielen wie Kieselsteine auf einen Glockenhelm. Es war bereits finstere Nacht, und der Mond ging auf.

Der Mann wurde wach. Er hatte das beklemmende Gefühl, nicht geträumt zu haben. Zum erstenmal seit Jahrtausenden hatte er nicht geträumt. War das Träumen ihm von nun an, da er in das Land seiner Geburt zurückkehrte, versagt? Warum? Was war das für eine Vorahnung? Welches Orakel würde zu ihm sprechen? Das Pferd, weiter hinten, schlief noch, begann aber, sich zu regen. Ab und zu bewegte es die Hinterbeine, als galoppierte es im Traum, nicht in seinem eigenen, da es kein Gehirn besaß, vielmehr nur ein fremdes, sondern dem Instinkt gehorchend, der die Muskeln waren. Sich mit der Hand an einen Steinvorsprung klammernd, erhob der Mann den Oberkörper, und gleichsam schlafwandelnd folgte ihm das Pferd, ohne Anstrengung, in einer geschmeidigen Bewegung, bar jeglicher Schwerkraft, wie es schien. Dann trabte der Zentaur hinaus in die Nacht.

Der gesamte Mondschein des Himmels erfüllte das Tal. So hell war es, daß es unmöglich nur das Licht des einfachen, kleinen Mondes der Erde, dieser stillen, gespenstischen Selene, sein konnte, sondern es mußte das Licht aller Monde sein, die in der unendlichen Abfolge der Nächte je am Himmel gestanden, wo andere Sonnen und Erdkugeln ohne diesen oder irgendeinen anderen Namen sich drehen und leuchten. Der Zentaur sog die Luft tief in die Lungen des Mannes: Die Luft war seidenweich, als ströme sie durch den Filter menschlicher Haut, und in ihr lag der Duft einer Erde, die durchnäßt worden war und langsam in den labyrinthischen Armen der Wurzeln, die die Welt halten, trocknete. Er wählte für den Abstieg einen leichten Weg, beinahe träge, anmutig seine vier Pferdehufe bewegend, harmonisch seine zwei männlichen Arme schwingend, im Schritt, ohne daß auch nur ein Stein ins Rollen geriet, ohne daß eine spitze Kante erneut seine Haut aufriß. So kam er unten an, als sei die Reise Bestandteil des Traumes, den er im Schlaf nicht geträumt hatte. Weiter vorn war ein breiter Fluß. Auf der anderen Seite, ein wenig nach links, lag die größte Ortschaft, diejenige, über die der Weg des Südens führte. Der Zentaur strebte ungetarnt vorwärts, gefolgt von dem einzigartigen Schatten, der auf der Welt seinesgleichen nicht fand. Leichtfüßig trabte er über die Felder, doch er trat in die Furchen zwischen den Reihen, um die Pflanzen nicht zu beschädigen. Zwischen den Anbauflächen und dem Fluß standen einige Bäume, und es schien hier auch Vieh zu geben. Das Pferd bemerkte den Geruch und wurde unruhig, doch der Zentaur eilte zügig in Richtung Fluß voran. Vorsichtig stieg er ins Wasser, mit den Hufen den Untergrund erkundend. Der Fluß wurde immer tiefer, bis die Wasserlinie die Brust des Mannes säumte. Hätte man ihn beobachtet, mitten im Fluß, im Mondschein, der ein zweiter fließender Strom war, so hätte man einen Menschen gesehen, der mit erhobenen Armen durch das brusttiefe Wasser watete, die Schultern und den Kopf eines Mannes hatte und Haare, kein Roßhaar. Unter der Wasseroberfläche aber schritt ein Pferd. Vom Mond aufgeweckt, schwammen Fische um seine Beine und bissen zart hinein.

Der Oberkörper des Mannes entstieg in voller Größe dem Wasser, gefolgt von dem Pferd, dann trabte der

Zentaur die Böschung hinauf. Er streifte unter den Bäumen hindurch, hielt dann am Rande der Ebene an und überlegte, welche Richtung er nehmen sollte. Wieder fiel ihm ein, wie er jenseits der Berge verfolgt worden war, er dachte an die Hunde und die Schüsse und bekam Angst. Nun wünschte er, es möge finstere Dunkelheit herrschen, lieber hätte er wie am Tag davor ein Unwetter in Kauf genommen, das die Hunde abgehalten und die Menschen bewogen hätte, nicht vor die Tür zu gehen. Der Mann war überzeugt, daß in dieser Gegend bereits alle von der Existenz des Zentaurs gehört hatten, daß die Nachricht sich auch über die Grenze hinweg wie ein Lauffeuer verbreitet hatte. Er begriff, daß er das Gelände nicht geradeaus und bei hellem Licht durchmessen konnte. Er hielt sich im Schatten, stets im Schritt am Flußufer entlang. Vielleicht würde die Landschaft später günstiger für ihn sein, dort, wo das Tal sich verengte, von zwei hohen Hügeln gesäumt. Er mußte immer wieder an das Meer denken, an die weißen Säulen, er schloß die Augen und sah im Geiste wieder die Spur, die Zeus hinterlassen hatte, als er gen Süden entschwand.

Da hörte er Wasser plätschern. Er blieb stehen, lauschte. Das Geräusch kam wieder, wurde leiser, war erneut da. Der mit Kriechpflanzen bewachsene Boden dämpfte die Schritte des Pferdes, sie waren von dem mannigfaltigen Knistern der lauen Nacht und des Mondes nicht zu unterscheiden. Der Mann bog die Zweige zurück und schaute auf den Fluß. Am Ufer lagen Kleider. Jemand badete im Wasser. Er bog die Zweige weiter auseinander. Da sah er eine Frau. Sie stieg, gänzlich unbekleidet, aus dem Wasser, hell schimmerte ihre Haut im Mondschein. Viele Male zuvor hatte der Zentaur Frauen gesehen, doch niemals so, an so einem Fluß, unter einem solchen Mond. Andere Male hatte er wallende Brüste gesehen, das Beben der Schenkel beim Gehen, die dunkle Stelle in der Mitte des Körpers. Wieder andere Male hatte er auf den Rücken fallendes, offenes Haar gesehen und Hände, die es zurückwarfen, diese ach so alte Geste. Doch das, was ihm von der Welt der Frauen zuteil wurde, war nur der Teil, der das Pferd befriedigte, vielleicht den Zentaur, keineswegs den Mann. Und der Mann war es, der sah, wie die Frau zu den Kleidungsstücken lief, er war es, der zwischen den Bäumen hervorkam, sich ihr näherte in seinem Pferdegalopp und sie dann, begleitet von ihren Schreien, in die Arme schloß und in die Luft schwang.

Auch das hatte er in all den Jahrtausenden einige, viel zu wenige Male getan. Eine unnütze Geste, die nur Angst einflößte, die zum Wahnsinn führen konnte, falls sie nicht schon dazu geführt hatte. Aber dies war sein Land und die erste Frau, die er dort sah. Der Zentaur fegte unter den Bäumen hindurch, und der Mann wußte, daß er nach einer Weile die Frau auf den Boden legen würde, er unzufrieden, sie , die ganze Frau , erschrocken vor ihm, dem halben Mann. Jetzt sah er einen breiten Weg, der nahe an die Bäume heranführte, und ein kleines Stück weiter vorn machte der Fluß eine Biegung. Die Frau hatte aufgehört zu schreien, sie wimmerte und zitterte nur noch. Im selben Augenblick hörte er wieder ein Schreien. Als er in die Kurve einbog, gelangte der Zentaur zu einer kleinen Siedlung aus niedrigen, von Bäumen umstandenen Häusern. Auf dem kleinen Platz davor waren Menschen. Der Mann drückte die Frau an sich. Er spürte ihre harten Brüste, den Schamhügel und die Haare an der Stelle, an der sein männlicher Körper zurückwich und zu einem Pferdeleib wurde. Einige Leute ergriffen die Flucht, andere stürzten auf ihn zu, während andere wiederum in die Häuser liefen und mit Gewehren zurückkehrten. Das Pferd stellte sich auf die Hinterbeine, reckte sich in voller Länge in den Himmel. Noch einmal schrie die Frau vor Schreck auf. Jemand schoß in die Luft. Der Mann begriff, daß die Frau ihn schützte. Da rannte der Zentaur seitlich hinaus ins Gelände, ließ die Bäume zurück, die ihn womöglich behindert hätten, und die Frau immer noch in den Armen haltend, machte er einen weiten Bogen um die Häuser zu seiner Linken und raste in wildem Galopp auf die beiden Hügel zu. Hinter ihm ertönten laute Stimmen. Vielleicht wollten sie ihn zu Pferde verfolgen, doch kein Pferd konnte es mit einem Zentauren aufnehmen, wie Tausende und Abertausende von Jahren der dauernden Flucht es bewiesen hatten. Der Mann wandte sich um: seine Verfolger waren noch fern, sehr fern. Da faßte er die Frau unter den Armen und sah sie in ihrer vollen Größe an, mit dem ganzen Mondlicht sie enthüllend, und sagte in seiner alten Sprache, in der Sprache der Wälder, der Honigwaben, der weißen Säulen, des rauschenden Meeres, des Lachens über den Gipfeln:

«Bitte, weise mich nicht zurück.»

Dann legte er sie auf den Boden, ganz langsam. Und die Frau lief nicht davon. Ihre Lippen formten Wörter, die der Mann verstehen konnte:

«Du bist ein Zentaur. Es gibt dich.»

Sie legte ihre Hände auf seine Brust. Erregt scharrte das Pferd mit den Hufen. Da legte sich die Frau auf die Erde zurück und sagte:

«Besteige mich.»

Der Mann sah sie von oben, Arme und Beine wie ein Kreuz ausgebreitet. Langsam beugte er sich hinab. Für einen Augenblick bedeckte der Schatten des Pferdes die Frau. Weiter nichts. Da wich der Zentaur zurück und galoppierte davon, während der Mann vor Schmerz aufschrie, die geballten Fäuste gegen den Himmel und den Mond erhebend. Als seine Verfolger schließlich bei der Frau ankamen, lag sie regungslos da. Als sie sie in eine Decke gehüllt wegtrugen, hörten die Männer, daß sie weinte.

In dieser Nacht erfuhr das gesamte Land von der Existenz des Zentaurs. Das, was man anfänglich geglaubt hatte, nämlich, daß es sich um ein jenseits der Grenze zum eigenen Nutzen erfundenes Märchen handelte, konnte jetzt durch Augenzeugen widerlegt werden, zu denen eine Frau gehörte, die zitterte und schluchzte. Während der Zentaur den anderen Berg überwand, strömten Leute aus den Dörfern und Städten, mit Netzen und Stricken ausgerüstet, auch mit Feuerwaffen, doch nur zur Abschreckung. Wir müssen ihn bei lebendigem Leibe fassen, sagten sie. Das Militär wurde ebenfalls mobilisiert. Man wartete ab, bis es hell wurde, damit die Hubschrauber starten und die Gegend absuchen konnten. Der Zentaur wählte die verborgensten Wege, hörte jedoch des öfteren Hunde bellen und sah sogar im allmählich verblassenden Mondlicht, wie Stoßtrupps die Gehöfte durchsuchten. Die ganze Nacht hindurch setzte der Zentaur seine Flucht fort, immer in Richtung Süden. Als die Sonne aufging, stand er auf dem Gipfel eines Berges, von dem aus man das Meer sehen konnte. Das Meer weit in der Ferne, keine Inseln, und das Säuseln einer Brise, erfüllt nur vom Duft der Pinien, nicht vom Rauschen der Wellen und dem aufregenden Salz in der Luft. Die Welt schien eine vom bevölkernden Wort abgenabelte Wüste.

Nein, keine Wüste. Plötzlich knallte ein Schuß. Und dann kamen in einem weit gespannten Bogen die Männer hinter den Steinen hervor und rückten lärmend näher, wenn sie ihre Angst auch nicht eindämmen konnten, bewaffnet mit Netzen und Stricken und Schlingen und Stöcken. Hoch bäumte sich das Pferd auf, die Vorderbeine durchkämmten die Luft, und schäumend vor Wut wandte es sich seinen Gegnern zu. Der Mann wollte zurückweichen. Beide kämpften sie, hinten und vorn. Und am Rande des Abgrunds kamen die Hufe ins Rutschen und glitten aus, ruderten angsterfüllt auf der Suche nach einem Halt, und die Arme des Mannes – doch der wuchtige Körper verlor das Gleichgewicht und fiel ins Nichts. Zwanzig Meter tiefer ragte aus dem Berg eine steinerne Klinge mit dem erforderlichen Neigungsgrad, geschliffen und geschärft in Tausenden von Jahren der Kälte und der Hitze, der Sonne und des Regens und des Schnees. Sie durchschnitt, durchtrennte den Körper des Zentaurs genau an der Stelle, an der die Brust des Mannes zur Brust des Pferdes wurde. Dort endete der Fall. Endlich blieb der Mann liegen, auf dem Rücken, den Himmel erschauend. Ein Meer, das über seinen Augen immer tiefer wurde, ein Meer mit kleinen unbewegten Wolken, die Inseln waren, unsterbliches Leben. Der Mann drehte seinen Kopf auf die eine und danach auf die andere Seite: wieder das endlose Meer, unendlicher Himmel. Dann sah er an seinem Körper hinab. Das Blut floß in Strömen. Zur Hälfte ein Mann. Ein Mann. Und er gewahrte, daß die Götter sich näherten. Es war Zeit zu sterben.

Vergeltung

Der Junge kam vom Fluß. Barfuß, die Hosenbeine bis über die Knie hochgekrempelt, die Fesseln schlammbeschmiert. Er trug ein rotes Hemd, geöffnet über der Brust, auf der die noch spärlichen Haare des Halbwüchsigen Schwärze anzunehmen begannen. Aus dem dunklen Schopf rann ihm der Schweiß bis über den schmächtigen Hals herab. Er schritt etwas gebeugt unter der Last der zwei langen Riemen, an denen Fäden noch tropfender Algen hingen. Das Boot schaukelte im trüben Wasser, und nahebei, ihn gleichsam belauernd, glotzten unverhofft die kugligen Augen eines Froschs. Der Junge starrte auf den Frosch, und der auf ihn. Dann, ruckartig, verschwand der Frosch. Eine Minute später war die Wasseroberfläche glatt und ruhig und so glänzend wie die Augen des Jungen. Aus dem fauligen Schlamm lösten sich bedächtige weiche Gasblasen und wurden von der Strömung fortgetragen. Die hohen Pappeln zitterten lautlos im Nachmittagsglast; und plötzlich, wie eine den Lüften entsprossene Blüte, schoß ein blauer Vogel, das Wasser streifend, vorüber. Der Junge schaute auf. Vom anderen Ufer betrachtete ihn ein Mädchen, das reglos dastand. Der Bursche hob die freie Hand, und sein ganzer Körper zeichnete gestenhaft ein unausgesprochenes Wort. Der Fluß träge in seinem Lauf.

Der Junge schritt hangauf, ohne sich umzudrehen. Dort endete die Grasnarbe. Weiter hinten verbrannte die Sonne die Schollen des Brachfelds und die grauen Olivenhaine. Eine Grille zerschnitt mit metallisch hartem Sägen die Stille. In der Ferne flimmerte die Luft.

Die Hütte ebenerdig, geduckt, von Kalkweiß geglättet, mit einem Farbstreifen aus grellem Ocker. Ein Stück blinde Wand ohne Fenster; eine Tür mit aufstoßbarem kleinem Fenster. Der Lehmfußboden darin gab den Füßen Kühlung. Der Junge stellte die Ruderblätter gegen die Wand und wischte sich mit dem Ärmel den Schweiß ab. Still stand er da, vernahm die Herzschläge, spürte das feine Quellen des die Haut neuerlich überziehenden Schweißes. So verharrte er einige Minuten, achtete nicht auf die Geräusche hinter dem Haus, die sich mit einem Mal in schrille unvermittelte Quieker wandelten, in das aufbegehrende Kreischen eines gefesselten Schweins. Als er sich endlich bewegte, schlug ihm der Schrei des Tiers, des nun gepeinigten und beleidigten, hart ans Ohr. Und weitere Schreie, gellende, zornige, verzweifeltes Flehen, ein hoffnungsloser Hilferuf.

Er eilte zum Garten, blieb aber auf der Schwelle der Umfriedung stehen. Zwei Männer und eine Frau hielten das Schwein gepackt. Ein dritter Mann, mit blutverschmiertem Messer, öffnete dem Tier mit einem weiteren Längsschnitt das Gemächt. Auf dem Stroh leuchtete schon eine abgetrennte Hode, rot. Das Schwein bebte am ganzen Körper, es quetschte zwischen den von einem Strick umwundenen Kiefern Schreie hervor. Der Schnitt klaffte auf, es erschien die andere Hode, milchig und blutig, die Finger des Mannes schlüpften in die Öffnung, sie zerrten, drehten, rissen. Das Gesicht der Frau bleich und verkrampft. Dann gaben sie das Tier frei, lösten den Schnauzenstrick. Einer der Männer bückte sich und nahm die zwei fülligen weichen Kugeln auf. Das Schwein machte eine Drehung, verwirrt. Und da stand es mit gesenktem Kopf, schniefend. Nun warf der Mann ihm die Hoden hin. Das Schwein schnappte zu, kaute gierig, schlang sie. Die Frau sagte etwas, und die Männer zuckten die Achseln. Einer lachte. Da erst sahen sie den Jungen am Gatter. Sie verharrten stumm, und als könnten sie hierauf nur eines tun, schauten sie zum Tier, das sich auf das Strohlager hingestreckt hatte, ächzend, die Lefzen vom eigenen Blut verschmiert.

Der Junge kehrte in die Hütte zurück. Er goß sich einen Becher Wasser ein und trank, wobei er das Naß aus den Mundwinkeln rinnen ließ, über den Hals und die Haare auf der Brust, die nun noch dunkleren. Während er trank, hatte er die beiden roten Flecke draußen auf dem Stroh im Auge. Dann, mit trägem Ruck, wandte er sich fort, verließ das Haus, durchschritt den Olivenhain, einmal mehr in der Sonnenglut. Der Staub verbrannte ihm die Sohlen; er, ohne sich sonderlich zu scheren, hob die Beine, um die heiße Berührung irgendwie zu meiden. Wieder das Zirpen der Grille, gedämpfter. Dann der Hang, das Gras mit seinem Duft nach warmem Saft, die berauschende Frische unter den Zweigen, der zwischen den Zehen hervorglitschende Schlamm.

Der Junge blieb stehen, ließ den Blick über den Fluß

schweifen. Auf einer Schlickbank ein Frosch, dunkel-
grau wie jener andere, mit runden Augen unter den
vordrängenden Lidern. Er schien zu harren, die weiße
Haut seines Schlunds pochte, das geschlossene Maul
war zu einer spöttischen Falte verzogen. Der Frosch
und der Junge blieben eine Weile reglos ruhig. Dann
wandte der Bursche unter Mühen den Blick ab, wie um
einem bösen Zauber zu entrinnen, und da sah er am
anderen Ufer, zwischen den tiefhängenden Weiden-
zweigen, abermals das Mädchen erscheinen. Und einmal mehr, lautlos und unverhofft, schnitt über das
Wasser der blaue Blitz.

Langsam streifte der Junge das Hemd ab. Bedächtig
entkleidete er sich, und erst als er nichts mehr auf dem
Leib hatte, tat sich seine Nacktheit langsam kund, wie
von selbst geblendet. Das Mädchen schaute von fern
zu. Dann, mit den gleichen langsamen Gesten, streifte
sie ihr Kleid und alles vom Leib. Nackt stand sie vor
dem grünen Hintergrund aus Bäumen.

Wieder hatte der Junge den Fluß im Blick. Stille
lastete über der flüssigen Haut dieses endlosen Körpers. Kreise wuchsen verebbend auf der friedvollen
Fläche, machten den Ort kenntlich, an dem der Frosch
eingetaucht war. Und der Junge schritt ins Wasser und
schwamm hinüber ans andere Ufer, während die
weiße nackte Mädchengestalt zurückwich ins Halbdunkel des Gezweigs.